ein Ullstein

Ullstein Buch Nr. 39157
im Verlag Ullstein GmbH,
Frankfurt/M – Berlin
Titel des Originals:
The North Runner
Einzig berechtigte Übersetzung
aus dem Englischen von
Ulla H. de Herrera

Umschlagentwurf:
Theodor Bayer-Eynck
Agent: Thomas Schlück
Illustration: Gordon Grabb

Printed in Germany 1986
Gesamtherstellung:
Elsnerdruck, Berlin
ISBN 3 548 39157 5

Mai 1986

CIP-Kurztitelaufnahme
der Deutschen Bibliothek

Lawrence, Ron D.:
Ich nannte ihn Yukon: Roman /
Ron D. Lawrence. [Einzig berecht.
Übers. aus d. Engl. von
Ulla H. de Herrera]. –
Frankfurt/M; Berlin: Ullstein, 1986.
(Ullstein-Buch; Nr. 39157)
Einheitssacht.: The north runner
«dt.»
ISBN 3-548-39157-5

NE: GT

Ron D. Lawrence

Ich nannte ihn Yukon

Roman

ein Ullstein Buch

1. Kapitel

Sein feindseliger Blick aus gelben Augen bohrte sich in den meinen, und mit einem drohenden Knurren zog er die Lefzen so weit zurück, daß die großen, spitzen Fangzähne und die feuchte Mundhöhle sichtbar wurden. Er war ohne Zweifel der verwahrloseste, aber auch der größte Schlittenhund, den ich je gesehen hatte. Seine ganze Haltung drückte unverhohlene Feindseligkeit aus, am deutlichsten jedoch verrieten mir die schmalen Wolfsaugen seine wilde Angriffslust; dieser Hund war gefährlich und würde nicht zögern, mir an die Kehle zu springen. Die mächtigen Pfoten fest auf die Ladepritsche des Lieferwagens gestemmt, stand er da und sah mir unentwegt in die Augen. Ein anderer Hund hätte den Blick längst abgewandt! Während wir uns anstarrten, blieb Alfred, der Chippeway-Indianer, der mir den Wolfshund verkaufen wollte, vorsorglich mit einem dicken Knüppel bewaffnet in meiner Nähe.

Ich brauchte einen Leithund für mein Gespann, aber dieses Biest verhieß nichts Gutes – ein wildes Tier, mehr Wolf als Hund, das schon frühzeitig gelernt hatte, den Menschen zu hassen. Nein, dieser Hund war nichts für mich. Ich sah die schwere Kette, die ihn auf dem Lieferwagen gefangenhielt, und die offene Wunde an seiner linken Schulter.

Ich trat näher, um ihn genauer zu betrachten, hütete mich aber, in Reichweite seiner kräftigen weißen Zähne zu kommen. Von diesem Schlittenhund ging etwas aus, das mich beeindruckte. Halb verhungert und offensichtlich seit langer Zeit schon brutal geschlagen und mißhandelt, besaß er dennoch eine gewisse Würde, und in jeder Linie seines Körpers zeigte sich außergewöhnliche Kraft.

Wir sahen einander eine Weile abschätzend an. Dann sagte ich zu ihm, so, als hätte ich einen Menschen vor mir: »Du bist zwar ein gefährlicher Bursche, aber ich glaube, du gefällst mir.«

Beim Klang meiner Stimme richtete der Hund die Ohren auf und hob ganz leicht den Schwanz; mir schien, daß in der Bewegung die kaum merkliche Andeutung eines Wedelns lag. Jedenfalls hoffte ich das, denn ich war inzwischen wider alle Vernunft entschlossen, ihn zu kaufen.

Mit dem festen Vorsatz, mich bei dem Handel nicht übers Ohr hauen zu lassen, wandte ich mich an Alfred. »Also eine Schönheit ist er ja nicht gerade . . ., und er sieht aus, als würde er mir eher an die Kehle springen als einen Schlitten ziehen.«

»Er ist ein kräftiger Hund, er zieht wirklich gut«, hielt Alfred dagegen. »Wenn Sie einen Knüppel bei sich haben, pariert er. Er weiß, wozu ein Knüppel gut ist.«

»Wieviel willst du?« fragte ich kurz angebunden.

Alfred, dem ich vor einiger Zeit aus der Klemme geholfen hatte und der seither mein Freund geworden war, wollte den Hund möglichst schnell zu Bargeld machen. »Wären fünfzehn Dollar zuviel?« fragte er.

Ich gab ihm zwanzig, knüpfte aber eine Bedingung daran: Er sollte den Hund selbst von dem Lieferwagen herunterholen und zu einem leerstehenden Schuppen auf meinem Grundstück führen. Es würde zweifellos eines Knüppels bedürfen, ihn dorthin zu bringen, aber der Hund war daran gewöhnt, von dem Indianer nicht besser behandelt zu werden. Ich hoffte, daß es mir eher gelingen würde, sein Vertrauen zu gewinnen, wenn er erst gar nicht einen Knüppel in meiner Hand sah.

Alfred ging, den Stock schwenkend und laut fluchend, zu dem alten Lieferwagen. Mit einem schwungvollen Satz sprang er über die Seitenwand auf die Ladepritsche, hielt dabei aber den Knüppel ständig in Bereitschaft.

Der Hund wich knurrend zurück. Er ließ den Indianer keine Sekunde aus den Augen. Mit drohend erhobenem Knüppel löste Alfred die Kette und fing an, das sich sträubende Tier zu der herabgelassenen hinteren Wagenklappe zu ziehen. Widerwillig fügte es sich der Gewalt des Stockes, leistete aber genügend Widerstand, um zu zeigen, daß es unter Zwang handelte.

Alfred hatte mir bereits gesagt, daß der Hund drei Jahre alt war. Sowohl sein Vater als auch seine Mutter waren eine Kreuzung zwischen

Wolf und Hund, und das Wolfserbe zeigte sich deutlich in seinem Aussehen und seinen geschmeidigen Bewegungen. Bevor ich ihn mit eigenen Augen gesehen hatte, dachte ich, der Indianer übertreibe nur, um mein Interesse zu wekken. Jetzt wußte ich, daß er aus Angst, mich vom Kauf des Hundes abzuschrecken, ihn sogar als weniger wild geschildert hatte, als er in Wirklichkeit war.

Alfred dirigierte das Tier zum Rand der Ladepritsche, sprang hinunter und zog es hinterher, wobei er sich rasch nach ihm umdrehte, um ihm noch energischer mit dem Knüppel zu drohen. In sicherem Abstand folgte ich den beiden zum Schuppen und vergewisserte mich, daß der Indianer den Hund ganz fest an einen der starken hölzernen Pfosten kettete. Als dies geschehen war, gingen wir hinaus und verriegelten die Tür. Während wir uns entfernten, hörte ich, wie der Gefangene wütend an seiner Kette zerrte.

Der Indianer wollte gleich wieder losfahren, um einen Teil seines Reichtums unter die Leute zu bringen. Das kam mir sehr gelegen; so konnte ich dem Hund in aller Ruhe Futter geben und ein Weilchen bei ihm bleiben. Wenn ein Tier jemals einen Freund gebraucht hatte, dann war es dieser Wolfshund, dem bisher so übel mitgespielt worden war.

Meine drei anderen Hunde befanden sich in der Scheune. Sie merkten sofort, daß ein Fremder eingetroffen war, hörten zweifellos sein Knurren und witterten seinen scharfen Geruch.

Während ich Alfreds Lieferwagen nachsah, der rumpelnd um die Ecke verschwand, drang ein ohrenbetäubender Lärm aus der Scheune; die Rüden jaulten, und die Colliehündin bellte hysterisch. Sie beruhigten sich erst, als ich ihnen eine zusätzliche Ration Futter brachte.

Nachdem der Friede wiederhergestellt war, konnte ich in Ruhe die Mahlzeit für den neuen Hund zubereiten: einige Brocken rohes Elchfleisch, ein paar große Markknochen, Haferflokken und eine reichliche Portion gekochter Innereien. Außerdem mischte ich eine doppelte Dosis Wurmmittel unter das Fressen, denn der Neuankömmling war bestimmt voller Parasiten.

Als ich den Schuppen betrat, lag der Wolfshund ausgestreckt da. Sein breiter Kopf ruhte auf den Vorderpfoten, er hatte die Ohren nach vorn gespitzt und hielt die Augen fest auf die Tür geheftet; er rührte sich nicht, bis seine scharfe Nase den Geruch des Futters wahrnahm. Erwartungsvoll sprang er auf, verharrte dann aber argwöhnisch, als befürchte er eine böse Überraschung. Ich näherte mich ihm ganz ruhig, blieb einen halben Meter vor ihm stehen und schob ihm die Schüssel zu. Als sie in seine Reichweite kam, zitterte er am ganzen Leib. Der arme Kerl war völlig ausgehungert!

Aber trotz seines Heißhungers fiel er nicht über das Fressen her, wie es ein Haushund getan hätte. Statt dessen beschnüffelte er es ein paar Sekunden lang mißtrauisch, dann packte er einen der Knochen mit den Zähnen und zog sich in eine Ecke zurück. Dort ließ er den Knochen fallen, beroch ihn abermals, leckte daran, dann trottete er wieder zur Schüssel. Er beachtete mich nicht weiter, warf mir nur ein- oder zweimal einen kurzen Blick zu, um sich zu vergewissern, daß ihm keine Gefahr während des Festmahls drohte.

Ich sah ihm aufmerksam zu und fragte mich, wie lange es wohl dauern würde, bis er mir genügend vertraute, um mich seine Verletzungen behandeln zu lassen. Denn das war bitter nötig. Eine schorfige Stelle am Bein schien zu eitern, und die tiefe, offene Wunde an seiner Schulter sah entzündet aus und mußte so bald wie möglich desinfiziert werden. Sein Fell war schmutzig und steckte sicherlich voller Flöhe und Zecken. Wenn er erst einmal gründlich gesäubert und gut genährt war, würde er einen großartigen Leithund abgeben. Aber ich mahnte mich, Geduld mit ihm zu haben. Sicher wird noch viel Zeit vergehen, bis er soweit ist, sagte ich mir.

Als er seine Mahlzeit beinahe beendet hatte, ging ich hinaus, um einen Eimer Wasser zu holen. Bei meiner Rückkehr hatte er die Schüssel restlos geleert und bearbeitete jetzt mit seinem kräftigen Gebiß den großen Knochen, den er sich ganz zu Anfang geholt hatte. Ich stellte den Eimer ab und trat näher, um die Schüssel wegzunehmen. Er hatte sie zu sich hingezogen, und sie stand jetzt etwa zwei Meter von der Stelle entfernt, wo er an seinem Knochen nagte. Ich bückte mich und streckte die Hand aus, um nach ihr zu greifen. Er reagierte unglaublich schnell! Noch ehe meine Finger die Schüssel berührten, hatte er meinen Handballen gepackt, und ohne überhaupt richtig zu begreifen, was vor sich ging, sah ich, wie mir seine Fangzähne ins Fleisch drangen. Ich konnte nicht glauben, daß es tatsächlich geschah, und nur deshalb geriet ich nicht in Panik. Ich stand wie erstarrt, und vermutlich war genau das mein Glück. Wäre er auf Widerstand gestoßen, hätte er sicher an meiner Hand gerissen oder noch einmal zugebissen. So aber ließ er von mir ab und zog sich knurrend in die Ecke zurück. Zweifellos rechnete er damit, gleich eine ordentliche Tracht Prügel zu beziehen.

Ein plötzliches Gefühl sagte mir, daß es jetzt darauf ankam, weder Feindseligkeit noch Angst zu zeigen. Statt zurückzuweichen, wie es die Vernunft gebot, richtete ich mich auf, trat näher an ihn heran und sah ihm fest in die Augen.

»Das ist das erste und letzte Mal, daß du mich beißt, hörst du!« Ich sprach in scharfem Ton, hob aber nicht die Stimme. Regungslos stand er da und starrte mich an. Ich nahm die Schüssel und ging hinaus.

Im Haus wusch ich die verletzte Hand und goß Jod auf die Wunde, die die Fangzähne verursacht hatten. Ich hatte gute Lust, einen Knüppel zu holen und den Hund gründlich durchzuprügeln, aber dieses häßliche Rachegefühl legte sich, sobald der Schmerz in meiner linken Hand nachließ. Als ich mich wieder beruhigt hatte, ging ich in die Vorratskammer, schnitt drei Stücke Elchfleisch ab und brachte sie in den Schuppen.

Der Hund hatte sich wieder hingelegt. Das Fleisch in der rechten Hand haltend, näherte ich mich ihm unter behutsamem Zureden bis auf zwei Meter. Er blieb, wo er war, beobachtete mich aber aufmerksam. Ich streckte die verwundete Hand aus. Meine Handfläche zeigte nach oben, so daß er meine friedliche Absicht erkennen konnte.

»Siehst du das?« Ganz bewußt verlieh ich meiner Stimme einen scharfen Beiklang.

Sein Ausdruck veränderte sich nicht. Er blickte auf meine Hand, schnüffelte in ihre Richtung, verlor aber schnell das Interesse daran. Offenbar hatte er das Elchfleisch gewittert. Seine spitzen Ohren waren steil aufgerichtet, und er sah jetzt voller Erwartung auf meine andere Hand. Dann stand er auf und trat einen Schritt auf mich zu. Ich sprach jetzt wieder in sanftem Ton zu ihm. Es fiel mir schwer, nicht zurückzuweichen. Schließlich warf ich ihm alle drei Fleischstücke in einem hohen Bogen zu, und mit einem mächtigen Sprung schnappte er sich eines davon aus der Luft. Als er die Leckerbissen gefressen hatte, drehte er sich um, ging in seine Ecke und legte sich nieder. Es war das erste Mal, daß er mir voll den Rücken zugewandt hatte. Er legte den Kopf auf den Boden zwischen seine Vorderpfoten, leckte sich über die Schnauze, gähnte und schloß die Augen. Ich murmelte noch ein paar lobende Worte, dann ging ich hinaus.

Meinem Tagebuch entnehme ich, daß ich den Hund am 12. November 1955 von Alfred erstand. Damals waren knapp elf Monate vergangen, seit ich mich in den einsamen Wäldern des nördlichen Ontario niedergelassen hatte, nachdem ich weitere sieben Monate zuvor von England nach Kanada ausgewandert war. Während des ersten halben Jahres meines Aufenthalts in der Neuen Welt hatte mein Leben unerwartet schnell in einen bedrückenden Alltagstrott gemündet. Der anfängliche Reiz des Unbekannten war bald verflogen, und an einem besonders öden Herbstabend wurde mir plötzlich klar, daß meine Auswanderung aus Europa ihren eigentlichen Zweck verfehlt hatte. Mit meiner Übersiedlung von London nach Toronto hatte ich lediglich die eine Großstadt gegen eine andere eingetauscht. Aber meine innere Ruhelosigkeit und die unüberwindliche Abneigung gegen Menschenmengen quälten mich nach wie vor. Toronto war voller Hektik und Unruhe; hier würde ich nie die Ruhe finden, nach der ich mich seit meiner Jugend sehnte.

Aufgewachsen war ich in Spanien, wo mein Vater als Journalist arbeitete. Als 1936 der Bürgerkrieg ausbrach, wurde ich in ein militärisches Ausbildungslager gesteckt, obwohl ich noch keine vierzehn Jahre alt war. Rund dreieinhalb Jahre später bescherte mir der Zweite Weltkrieg erneut eine Uniform und den Kampf ums nackte Leben. Als Achtzehnjähriger war ich mir bereits sicher, daß die Menschheit vollkommen verrückt geworden war. Nach dem Krieg versuchte ich, in London seßhaft zu werden. Ich bekam eine Stellung als Reporter, humpelte durch die Straßen der Stadt – ich war als Soldat von einem Granatsplitter getroffen worden – und schrieb die von mir geforderten belanglosen Berichte und Artikel. Schließlich gelangte ich zu der Einsicht, daß es an der Zeit war, in einem neuen Land noch einmal ganz von vorne zu beginnen. 1954 kehrte ich dem Lärm und Gestank Londons den Rücken, mußte mir aber ein halbes Jahr später ernüchtert eingestehen, daß ich in Toronto keine Spur glücklicher war.

An jenem Herbstabend, als mir dies zu Bewußtsein kam, ging ich in meine Wohnung zurück, verstaute meine wenigen Habseligkeiten im Wagen und machte mich auf den Weg in den bereits verschneiten Norden. Nach drei Tagen und zweitausend Kilometer Fahrt durch ein faszinierendes Land stellte ich mein Auto vor einer mannshohen Schneewehe ab, um ein Schild, das an den Zaunpfosten eines verlassenen Blockhauses genagelt war, näher zu studieren. Zu verkaufen, las ich und wußte sofort, daß dies der Ort war, nach dem ich gesucht hatte. Das Grundstück war achtzig Hektar groß, fünfzehn davon gerodet, während die ganze restliche Fläche bewaldet war und in die Wildnis Kanadas überging. Die nächste menschliche Behausung war gut zwei Kilometer entfernt und die nächste größere Ortschaft gar knapp fünfundvierzig. Hier gab es kein Telefon, keinen Anschluß an ein Stromnetz, dafür aber grenzenlosen Frieden.

Auf dem Schild stand keine Adresse, doch in der Gemischtwarenhandlung eines sechs Kilometer entfernten Weilers erfuhr ich, wo der Besitzer zu finden war. Kurz darauf unterzeichnete ich in einer Anwaltskanzlei einen Kaufvertrag, bezahlte die geforderten achthundert Dollar und hatte mich noch vor Weihnachten auf dem alten Gehöft häuslich eingerichtet.

Der Winter kam, und mit ihm brach für mich eine Zeit großer Geschäftigkeit an. Es galt, für Nahrung und Holzvorräte zu sorgen, und ich streifte oft tagelang mit Axt und Jagdgewehr durch das schneebedeckte Land. Es gab Morgendämmerungen, wie ich sie noch nie erlebt hatte, und Nächte von tiefem, traumlosem Schlaf. Die Wildnis übt einen ungeheuren Einfluß auf einen Menschen aus, der erst kürzlich aus der Zivilisation gekommen ist. Der eine kann die Abgeschiedenheit, den Mangel an Komfort nicht ertragen. Er ist zu eng mit der Stadt verbunden und hält deshalb nicht durch. Ein anderer wiederum geht zu weit in die entgegengesetzte Richtung und wird zum Menschenfeind. Aber zwischen diesen beiden Menschentypen gibt es den jenigen, dem die Wildnis dazu verhilft, endlich zu sich selbst zu finden. Er entdeckt neue Werte und erkennt, daß die Natur eine geduldige Lehrmeisterin ist. So wirkte die

Wildnis auf mich.

Und dann lief mir Susie zu, eine magere, halbverhungerte Colliehündin, die herrenlos umherstreifte. Sie erschien eines Tages von nirgendwoher und kratzte winselnd an der Hintertür. Als ich die Tür öffnete, kam sie herein, als wäre es das Selbstverständlichste der Welt. Nachdem sie gefressen hatte, rollte sie sich vor dem Kamin zusammen, schlug zweimal dankbar mit dem Schwanz auf den Boden und sank in einen tiefen Schlaf, aus dem sie erst nach vier Stunden wieder aufwachte. Sie war mein erster Hund und eine gute Gefährtin.

Als nächstes kaufte ich Rocky, einen Eskimohund. Er war ein echtes Kind des Nordens, zäh, wolfartig, vierzig Kilo schwer und ein kräftiges Zugtier, das für mich weit mehr wert war als die fünfunddreißig Dollar, die es gekostet hatte. Dann besorgte ich mir einen Schlitten, ein schweres Fahrzeug aus ausrangierten Armeebeständen. Sein Gewicht machte einen dritten Hund erforderlich, und so kam Sooner hinzu. Ich hatte gehofft, er würde der Leithund sein; er war älter und schien klüger zu sein als Rocky, wenn er auch nicht ganz so groß war. Aber wie sich herausstellte, zog er das Fressen der Arbeit vor. Alles in allem war es ein bunt zusammengewürfeltes und äußerst mäßiges Gespann, und deshalb begann ich mich gegen Ende des folgenden Sommers nach einem geeigneten Leithund umzusehen.

Nun hatte ich mich also für den großen Wolfshund entschieden, aber am Abend jenes Novembertages war ich keineswegs sicher, das gefunden zu haben, wonach ich suchte. Während ich nach dem Abendessen mit meiner unverletzten Hand abwusch, stand mir deutlich vor Augen, wieviel Arbeit mich in den nächsten Wochen erwartete: Ich mußte das Brennholz für die kalte Jahreszeit herbeischaffen, ein Hühnerhaus bauen und dann den Winter hindurch Bäume fällen, um das Holz an die Papierfabrik in der Stadt zu verkaufen. Dies war zunächst meine einzige Einkommensquelle, und die Hälfte des Geldes wollte ich für den Erwerb von Fallen verwenden. Mit etwas Glück konnte ich im Frühjahr durch den Verkauf der erbeuteten Felle zu weiteren Einkünften gelangen. Ich hatte mir also mehr als genug Arbeit aufgeladen – jetzt kam auch noch die Aufgabe hinzu, den wilden Hund zu zähmen.

Nachdem das Geschirr gespült war, saß ich eine Weile da, trank Kaffee und überlegte mir die nächsten Schritte. Da hatte ich plötzlich eine Idee: Vielleicht war es hilfreich, die Nacht bei dem neuen Hund zu verbringen? Ich schüttete den restlichen Kaffee in eine Thermosflasche, holte eine Tüte selbstgebackener Hafermehlkekse, meinen Schlafsack und eine Kerosinlampe und ging hinüber in den Schuppen.

In dem gelben Schein der Lampe wirkte der große Hund wild und unheimlich, aber er zeigte keine Feindseligkeit, als ich hereinkam. Seine Augen waren starr auf mich geheftet, während ich knapp außerhalb seiner Reichweite meinen Schlafsack ausbreitete. Ich setzte mich darauf und lehnte mich mit dem Rücken gegen die Wand. Dann schenkte ich eine Tasse Kaffee ein, aß ein paar Kekse und sprach hin und wieder mit dem Hund. Er konnte sich offensichtlich nicht erklären, was hier vor sich ging. Dies war sicherlich das erste Mal, daß ein Mensch so dicht bei ihm saß, ohne ihm zu drohen. Ich warf ihm einen Keks zu; er roch daran und fraß ihn, und noch während er ihn hinunterschluckte, stand er auf und kam näher. Ich gab ihm noch drei weitere Kekse, während ich den Kaffee austrank.

Etwa eine Stunde lang blieb ich ganz ruhig so sitzen und paffte meine Pfeife. Ich wußte, daß ich nicht mehr mit dem Hund zu reden brauchte; wir hatten uns aufeinander eingestellt. Hin und wieder suchten seine gelben Augen meinen Blick, aber der feindselige Ausdruck war aus ihnen verschwunden. Die Novembernacht wurde klirrend kalt. Um mich zu wärmen, schlüpfte ich in den Schlafsack. Als mir die Lider schwer wurden, rutschte ich tiefer hinein und vergrub mich wie ein Tier in seiner Höhle.

Zuerst glaubte ich zu träumen. Schlaftrunken wunderte ich mich, warum ich eben ganz deutlich eine Berührung an meiner Schulter gespürt hatte. Ich wußte ja, daß ich mich allein mit dem Hund im Schuppen befand. Als ich den Kopf aus dem Schlafsack steckte, wurde meine Schulter erneut geschüttelt. Auf den Anblick, der sich mir bot, war ich nicht vorbereitet: Die dicht behaarten Beine und die breite Brust des Hundes waren ganz nah bei mir, und als ich aufblickte, sah ich seinen gewaltigen Schädel. Mit seinen Zähnen konnte er mich nicht erreichen, denn die Kette war bereits aufs äußerste gespannt, aber mit seinen Pfoten gelang es ihm. Als ich mich bewegte, hob er ein Vorderbein und berührte mich abermals, und er winselte! Ich mußte mich im Schlaf umgedreht haben und war dadurch mit meinem Schlafsack viel dichter an ihn herangekommen, als ich es in wachem Zustand gewagt hätte.

Man muß bedenken, daß ich gerade aus tiefem Schlaf erwacht war und daß dieser riesige Hund mich vor noch nicht langer Zeit schmerzhaft gebissen hatte. Instinktiv wälzte ich mich schnell von ihm fort, worauf er zurücksprang und knurrte. Meine ruckartige Bewegung hatte ihn erschreckt und seinen Argwohn geweckt. Er wirkte nicht so feindselig wie am Tag zuvor, schien aber mit einem Angriff zu rechnen, als ich, mittlerweile hellwach, leise redend auf ihn zukroch. Ohne sich zu rühren, stand er dicht an der Wand und knurrte in tiefen Tönen. Ich war wütend auf mich, weil ich die einzigartige Gelegenheit verpaßt hatte, das Vertrauen des Hundes zu gewinnen. Es war wohl besser, erst einmal zu frühstücken und später mit einer Schüssel Fleisch zu ihm zurückzukehren. Vielleicht konnte ich dann das Versäumte nachholen.

Es war heller Tag, als ich mit dem Fressen für ihn wieder in den Schuppen kam. Der Hund nahm sofort den Geruch der Nahrung wahr; er stand auf, schnupperte und wedelte zaghaft mit dem Schwanz, als wäre es ihm peinlich, eine Gemütsbewegung zu zeigen. Ich näherte mich ihm, stellte die Schüssel auf den Boden und ging schweigend hinaus.

Die anderen Hunde waren ebenfalls hungrig. Außerdem wollte ich nach den Hühnern sehen, denn in der Nähe trieb sich ein Luchs herum, der schon einmal versucht hatte, den Hahn zu reißen. Während ich den Hunden ihr Fressen gab, kam mir ein Gedanke. Sobald ich mit der morgendlichen Arbeit fertig war, würde ich Susie in den Schuppen bringen, damit sie und der Neuankömmling sich kennenlernten, denn Rüden greifen fast nie ein Weibchen an. Danach würde ich dem großen Hund ganz bewußt vor Augen führen, wie Susie mir vertraute und wie sehr sie es genoß, von mir liebkost zu werden.

Während ich beim Melken der Kuh über meinen Plan nachdachte, wurde mir plötzlich klar, daß der neue Hund keinen Namen hatte. Alfred hatte ihn mir als einen großartigen Schlittenhund beschrieben, und ich dachte unwillkürlich an Schnee und die Berge im fernen Norden Kanadas. Obgleich ich noch nie im Yukon-Territorium gewesen war, kamen mir die Fotos, die ich gesehen hatte, in den Sinn. Yukon . . . der Name paßte zu ihm; er war so wild wie der Norden und so rauh wie die Berge.

Eine Weile später ging ich zur Scheune hinüber, holte Susie heraus und führte die Hündin zum Schuppen. Sie schnupperte aufgeregt, während ich die Tür öffnete, dann flitzte sie begierig hinein. Ich folgte ihr und sah erfreut, daß sie und Yukon einander bereits Nase an Nase gegenüberstanden. Susies Gebaren ließ deutlich erkennen, daß sie sich für diesen zerzausten Fremden kein Bein ausreißen würde. Sie war aber doch kokett genug, um seine Aufmerksamkeit auf sich ziehen zu wollen. Yukon hatte sich mächtig vor ihr aufgebaut und wedelte kräftig mit dem hoch aufgerichteten Schwanz. Seine Ohren waren steil nach vorne gestellt, und ich hätte schwören können, daß er ein dümmliches Lächeln aufgesetzt hatte. Er blickte nicht in meine Richtung, sondern tänzelte vor der Hündin umher und schoß wiederholt nach vorn, wurde aber jedesmal von seiner Kette ruckartig gebremst. Susie, das kokette Ding, wedelte gelassen mit dem Schwanz, während Yukon winselte und an der Kette riß, bis er buchstäblich einen Hustenanfall bekam.

Ich trat zurück an die andere Wand und rief Susie. Wie immer kam sie sofort zu mir. Ich rieb ihr zärtlich den Bauch, und der sanfte Ton, in dem ich zu ihr sprach, war diesmal auch für Yukon bestimmt.

Susie war sichtlich beglückt über meine Zärtlichkeit, aber der große Tolpatsch tobte umher, als habe er es darauf abgesehen, sich zu erdrosseln. Er keuchte, zerrte verzweifelt an der Kette und versuchte durch flehentliches Winseln, die Colliehündin zu sich zu locken.

Als nächstes tat ich etwas, was mir selbst ein wenig grausam vorkam. Aber ich hatte das Gefühl, daß es das richtige war.

Susie immer noch streichelnd, ging ich mit ihr hinaus, ließ aber die Tür offen und achtete sorgsam darauf, in Yukons Blickfeld zu bleiben. Ich forderte Susie zum Spielen auf, und sie rannte im Kreis um mich herum, bellte freudig und kam von Zeit zu Zeit herbei, um sich wieder liebkosen zu lassen. Plötzlich stieß Yukon einen lauten Klageruf aus: Es war das Heulen des Wolfes, das mit einem tiefen Baßton beginnt, langsam ansteigt und in einer hohen Tonlage wehmütig ausklingt. Susie blieb einen Augenblick wie angewurzelt stehen, dann flitzte sie in den Schuppen zurück. Inzwischen stimmten Rocky und Sooner in das Geheul des großen Hundes ein, und bald nahm auch Susie daran teil. Das schaurige Konzert hielt einige Minuten an.

Dann verstummten Yukon und Susie. Die Hündin drängte sich jetzt an den großen Wolfshund und ließ sich eingehend beschnüffeln. Als ich in den Schuppen kam, war Yukon viel zu beschäftigt, um mir seine Aufmerksamkeit zu widmen. Erneut rief ich Susie zu mir, und Yukon veranstaltete das gleiche Theater wie zuvor. Zusammen mit Susie schob ich mich näher an ihn heran. Dann stand ich dicht vor ihm – der nächste Schritt würde mich in die Reichweite seiner Fangzähne bringen. Mit klopfendem Herzen ging ich das Risiko ein und war unsäglich erleichtert, als Yukon seinen Kopf vertrauensvoll an meine Hand schmiegte. Ich kraulte und streichelte beide Hunde, aber mein Blick war auf Yukon geheftet. In diesem Augenblick wußte ich, daß ich mich nicht mehr vor ihm zu fürchten brauchte.

2. Kapitel

Da Yukon so viel von einem Wolf an sich hatte, erfuhr ich durch ihn viel über die Verhaltensweisen und Vorzüge seiner wilden Vorfahren. Für den Wolf steht das Rudel an erster Stelle; es hat eine feste Ordnung, die allen nützt und jedem Tier einen bestimmten Platz zuweist. Natürlich gibt es unter den Angehörigen eines Rudels manchmal Wettkämpfe um den Rang, aber diese verlaufen nahezu unblutig und führen selten zur Tötung. Der Verlierer wird durch die Niederlage nicht etwa zum geächteten Außenseiter, sondern er kehrt ganz unbehelligt zu seinem Platz innerhalb der Rangordnung zurück.

Bis zu dem Morgen, an dem Yukon seinen großen Kopf an meine Hand schmiegte, hatte er sich nie dem Führungsanspruch eines anderen Lebewesens gebeugt. Er war immer sein eigener Herr gewesen und hatte mich wie alle anderen Menschen lediglich als eine Bedrohung empfunden; und er war entschlossen gewesen, nicht zu kapitulieren. Er wollte die Prügel hinnehmen, sich die Wunden lecken und geduldig auf eine Gelegenheit zur Flucht oder zum Gegenangriff warten. Dann wurden ihm plötzlich Freundlichkeit und Güte entgegengebracht, und er war verwirrt. Zorn und Brutalität konnte er verstehen, aber dies war etwas, das sein Begriffsvermögen überstieg.

Wenn diese Erklärung seines Verhaltens stimmt, wurde der Wettstreit um die Führerschaft wahrscheinlich während jener ersten Nacht von mir gewonnen, als ich bei ihm saß und die Kekse mit ihm teilte. Zweifellos kam er sich hinterher, als ich mich in meinen Schlafsack verkrochen hatte, einsam und verlassen vor. Vermutlich hatte er mich deshalb gegen Morgen mit der Pfote berührt. Zwar war durch meine schreckhafte Reaktion sein Argwohn wieder geweckt worden, als er aber bei Susie sah, wie sehr sie mir vertraute, schloß sich Yukon freiwillig unserem »Rudel« an und machte mich zu seinem »Leittier«.

Während ich die beiden Hunde streichelte, war ich zunächst so erfüllt von der Freude, Yukons Freundschaft gewonnen zu haben, daß ich an nichts anderes dachte. Bald stieß ich aber mit den Fingern auf ungewöhnlich große, vollgesogene Hundezecken, die mich an Yukons erbarmungswürdigen Zustand erinnerten. Ich mußte ihn von dem Ungeziefer befreien und mich um seine Wunden kümmern. Jetzt stand ich vor einer wichtigen Entscheidung. Konnte ich es wirklich schon riskieren, ihm eine derartige Gelegenheit zum Angriff zu bieten? Es blieb mir keine Wahl. Ohne Rücksicht auf meine Sicherheit mußte ich sein eben gefaßtes Vertrauen bedingungslos erwidern. Er würde sehr schnell jeden Vorbehalt spüren.

Ich hockte mich zwischen die zwei Hunde, lehnte den Kopf an Yukons Hals und schlang den Arm um seine Schulter. Er drängte sich fest an mich. Susie, die ein wenig eifersüchtig war, leckte mir das Gesicht. Während ich leise sprach und beide Tiere abwechselnd streichelte, stand ich wieder auf; löste Yukons Kette von dem hölzernen Pfosten und näherte mich der Tür. Yukon ging neben mir, ohne auch nur ein einziges Mal an der Kette zu ziehen. Susie hielt sich dicht an seiner Seite. Ich führte sie beide zum Haus.

An der offenen Tür zögerte Yukon einen Augenblick, ehe er Susie nach drinnen folgte. Ich schloß die Tür und rief Susie, die bereits schnüffelnd vor dem Küchenherd stand. Dann nahm ich Yukon das schwere Lederhalsband ab und ging ins Wohnzimmer.

Beide Hunde liefen hinter mir her. Yukon merkte plötzlich, daß er von dem lästigen Lederband befreit war. Vor lauter Freude begann er, sich auf dem Boden zu wälzen, und streckte alle viere in die Luft. Susie hielt das für eine Einladung zu einem lustigen Spiel und sprang bellend über ihn hinweg. Dann rasten beide wie verrückt zwischen der Küche und dem Wohnzimmer hin und her. Susie stieß dabei ab und zu gegen einen Stuhl, aber ihr neuer Gefährte wich mit einer außergewöhnlichen Geschmeidigkeit jedem Hindernis geschickt aus.

Als sich der Übermut der beiden Hunde etwas gelegt hatte, ging ich daran, mich um Yukon zu kümmern. Ich hoffte, er würde mir jetzt erlauben, ihn zu säubern und seine Verletzung zu behandeln.

Während ich die nötigen Vorbereitungen traf, lag Yukon lang ausgestreckt da, beobachtete mich und klopfte hin und wieder mit dem Schwanz auf den Boden. Es schien ihn nicht sonderlich zu interessieren, als ich mich mit einer Schüssel Antiseptikum und einem großen Wattebausch näherte. Sein scharfer Geruchssinn sagte ihm, daß die Schüssel kein Futter enthielt.

Glücklicherweise lag Yukon auf dem Bauch, so daß die verletzte Schulter leicht zu erreichen war. Ich setzte mich neben ihn, sprach ihm gut zu und streichelte seinen Kopf, dann fuhr ich mit der Hand über seine breite Brust und langsam auf die Wunde zu. Er hob seinen großen Kopf, aber er war nur neugierig und aufmerksam. Ich berührte sanft die Ränder der tiefen Wunde und schob sie vorsichtig zusammen. Dabei leckte Yukon meine Hand, dann leckte er die Wunde. Ich beträufelte sie mit Antiseptikum. Yukon leckte abermals, doch der beißende Geschmack ließ ihn sofort innehalten. Danach verhielt er sich ruhig, während ich ein ums andere Mal seine Wunde benetzte.

Als nächstes kamen die Zecken an die Reihe. Überall in seinem Fell stieß ich auf sie. In den riesigen Wäldern abseits der Städte Kanadas, wo diese unangenehmen Schmarotzer besonders häufig zu finden sind, hat praktisch jeder seine eigene Methode, sie zu entfernen. Meiner Meinung nach geht es am besten, wenn man ihnen die Luft nimmt, denn Zecken brauchen Sauerstoff zum Leben. Wenn man sie reichlich mit Butter, Lederfett oder Achsenschmiere einreibt, müssen sie innerhalb von ein oder zwei Minuten von ihrem Opfer ablassen. Bei Yukon Butter zu verwenden, hatte keinen Sinn; er hätte sie sofort abgeleckt. Ich besaß jedoch eine fettige Salbe, die bei den anderen Hunden schon gute Dienste geleistet hatte.

Diesmal protestierte Yukon gegen die Behandlung. Er knurrte leise und fletschte die Zähne, aber ich ließ mich davon nicht einschüchtern. Ich *wußte,* er würde nicht beißen. Es war wundervoll: Gestern hätte er mich noch in Stücke gerissen; heute murrte er zwar, versuchte jedoch nicht, nach mir zu schnappen. Ich war gerührt über das Vertrauen, das er mir entgegenbrachte.

Als die letzte Zecke beseitigt war, machte ich mich daran, ihn gründlich zu säubern. Er ließ die Prozedur mit sichtlichem Wohlbehagen über sich ergehen und duldete sogar, daß sein Schwanz gekämmt und gebürstet wurde. Dabei beschnüffelte er neugierig die großen Knäuel von verfilztem Haar, die auf dem Boden herumlagen. Dann trat ich einen Schritt zurück, um das Resultat meiner Arbeit zu begutachten.

Yukon war kaum wiederzuerkennen! Sein vordem schmutziges, struppiges Fell war jetzt glatt und glänzend. Die dichte Mähne aus schwarzem Haar hob sich prachtvoll von seinem übrigen Fell ab, und seine weiße Brust leuchtete fast schon silbern; seine Rute wirkte jetzt buschig und sah doppelt so groß aus wie zuvor. Mit hoch erhobenem Kopf kam er auf mich zu, und seine Augen waren voller Lebenslust.

Er blieb vor mir stehen, stellte sich rasch auf die Hinterbeine und legte die großen Vorderpfoten auf meine Schultern. Noch ehe ich Zeit fand, richtig zu erschrecken, war er mir schon mit seiner langen rosa Zunge quer übers Gesicht gefahren.

Während der folgenden Woche behielt ich Yukon, wenn ich nicht mit Susie und ihm unterwegs war, bei mir im Haus. Ich fragte mich, wie er wohl reagieren würde, wenn der Augenblick gekommen war, ihn zu den anderen Hunden in die Scheune zu bringen, aber der Gedanke bereitete mir keine allzu großen Sorgen. Nach so kurzer Zeit schon hatte ich das Gefühl, daß Yukon jeder Anforderung gewachsen war. Außerdem war ich während jener ersten Tage ständig mit ihm zusammen, und mit jedem neuen Erlebnis vertiefte sich unser gegenseitiges Vertrauen. Wir taten alles gemeinsam, und es war erstaunlich zu sehen, wie schnell er sich auf meinem Anwesen heimisch fühlte. Als ein Specht kam, um an einer Lärche hinter der Scheune zu hämmern, setzte Yukon seinen ganzen Ehrgeiz darein, den frechen Eindringling aus seinem Revier zu verjagen.

Dann war es an der Zeit, Yukon den anderen Hunden vorzustellen. Ich wollte es den Tieren selbst überlassen, sich richtig miteinander bekannt zu machen, und beschränkte mich darauf, die Scheunentür zu öffnen. Yukon stieß mich beiseite und preschte mit erhobenem Schwanz hinein. Ich folgte ihm, wurde aber nicht beachtet. In der Mitte der Scheune stand Yukon – kraftvoll, hellwach, den Schwanz zu der festen Spirale gedreht, die Überlegenheit und die Bereitschaft ausdrückte, sich jeder Herausforderung zu stellen.

Die anderen drei betrachteten den Neuankömmling aus sicherem Abstand. Susie wedelte mit dem Schwanz, um zu bestätigen, daß sie Yukon nach wie vor freundlich gesinnt war. Sooner, der kleinste der drei Rüden, stand mit eingezogenem Schwanz und zurückgelegten Ohren da. Er war ein träger Bursche, der nicht den Ehrgeiz hatte, an einem Wettstreit um die Führerschaft teilzunehmen.

Rocky hingegen war von ganz anderer Natur: Er war kräftig, unerschrocken und daran gewöhnt, die anderen zu beherrschen. Von einem Neuankömmling wollte er sich seine Vorherrschaft nicht streitig machen lassen. Susie und Sooner schlichen langsam zur Seite, um den Kampfplatz freizugeben. Die Lefzen zurückgezogen, die Nackenhaare gesträubt, gingen die Rivalen in einiger Entfernung voneinander in

Stellung. Ich sah zu, ohne mich zu rühren, machte mir aber Sorgen. Es bestand kein Zweifel, wer der Sieger sein würde. Selbst wenn Yukon sich noch nicht völlig von den früheren Mißhandlungen erholt hatte, war er doch ein furchterregendes Tier, das Rocky allein schon an Gewicht um fast zehn Kilo übertraf.

Würde er Rocky töten, wenn man ihm nicht Einhalt gebot? Ich gelangte zu dem Schluß, daß ich eingreifen mußte. Doch dafür war es bereits zu spät. Kaum hatte Rocky einen Schritt nach vorn getan, da stürmte Yukon auf ihn zu und warf sich mit solcher Gewalt gegen die Schulter seines Gegners, daß der Eskimohund mit einem dumpfen Aufprall gegen die Scheunenwand flog. Yukons Angriffstaktik war ebenso einfach wie wirkungsvoll. Sie zielte darauf, den Kampf zu beenden, noch ehe er richtig begonnen hatte.

Aber Rocky war keineswegs bereit, sich so leicht geschlagen zu geben. Mit einem wütenden Aufheulen rappelte er sich hoch, stürzte sich auf Yukon und versuchte, ihm die Zähne in den Hals zu schlagen. Fast wäre es ihm auch gelungen, aber Yukon konnte eben noch ausweichen, so daß Rockys kräftiger Biß nur ein Büschel Haare von der Schulter des Wolfshundes riß. Rocky wollte erneut zubeißen, doch Yukon duckte sich plötzlich und bäumte sich im nächsten Moment ruckartig auf, wodurch sein Angreifer in die Luft gewirbelt wurde. Er fiel auf den Rücken, und noch ehe er wieder auf die Füße kam, war Yukon über ihm, packte ihn mit seinen kräftigen Zähnen am Hals und preßte ihn knurrend zu Boden.

Zuerst knurrte Rocky ebenfalls, aber als er sich nicht aus der Umklammerung befreien konnte, wurde sein Knurren zu einem hysterischen Jaulen. Schließlich hörte er auf, sich zu wehren, und lag still da. Ich erkannte, daß Yukon nicht vorhatte, ihn zu töten. Das erstaunte mich, aber ich wußte damals noch nichts von der angeborenen Tötungshemmung, die Tiere daran hindert, einen ihrer Artgenossen umzubringen.

Yukon ließ langsam von Rocky ab. Er hörte jetzt ebenfalls auf zu knurren, aber er hielt den Kopf gesenkt und den Blick fest auf seinen Rivalen geheftet, bereit, wieder zuzubeißen, falls dieser nicht aufgab. Daraufhin wälzte sich Rocky auf den Rücken und bot dem neuen Leithund seine völlig ungeschützte Kehle dar – die äußerste Geste der Unterwerfung. Yukon war besänftigt. Er sah sich noch einmal herausfordernd in der Scheune um, dann ging er zu Sooner, der schnell zurückwich und sich hinter mir zu verstecken suchte.

Yukon nahm es befriedigt zur Kenntnis und wandte sich Susie zu. Die zwei tändelten eine Weile miteinander herum, ehe der neue Anführer sichtlich stolz zu mir herkam und die Nase an meiner Hand rieb.

»Also gut, jetzt bist du der Boß. Wie wär's mit einem *Spaziergang*?« Ich betonte das letzte Wort, denn ich wußte, daß alle vier Hunde seine Bedeutung kannten. Im nächsten Augenblick schon war ich von einer freudig bellenden Meute umringt, und Yukon verlor etwas von seiner Würde, als er mit seinem Rudel ins Freie hinaustollte.

Nach diesem Tag fing ich an, die Hunde auf die Zusammenarbeit als Gespann abzurichten. Die Schlittenhunde des Nordens sind die reinsten »Muskelmaschinen«, über viele Generationen hinweg auf Ausdauer und Arbeitswillen gezüchtet. Typisch für sie sind verhältnismäßig kurze Stehohren, eine lange, buschige Rute und ein ungewöhnlich dichtes Fell. In der Hauptsache unterscheidet man drei verschiedene Rassen: den *Malamute* Alaskas, den Eskimo-Husky oder Elchhund und den sibirischen Husky. Die Malamutes und Eskimohunde sind groß, wiegen zwischen sechsunddreißig und dreiundvierzig Kilo. Die sibirischen Hunde sind kleiner, und ihr Gewicht liegt zwischen zwanzig und siebenundzwanzig Kilo. Alle drei Rassen haben die Zähigkeit, die Intelligenz und die scharfen Sinne des Wolfes, gepaart mit dem muskulösen Körperbau der größeren Haushunde. Ein guter Schlittenhund kann das Doppelte seines eigenen Gewichtes ziehen.

Nach der Arbeit des Tages wurden die Hunde eine Stunde lang an der Leine abgerichtet; hinterher erhielten sie zur Belohnung einen Leckerbissen und durften herumtoben. Wenn die Zeit zum Spielen vorüber war, brachte ich Susie, Sooner und Rocky in die Scheune zurück, während Yukon mit mir ins Haus kam. Er wurde immer noch bevorzugt behandelt, selbst gegen den Rat der Einheimischen, die glaubten, daß Arbeitshunde verdorben würden, wenn man ihnen seine Zuneigung zu erkennen gibt. Ich habe mich damals über diese Ansicht hinweggesetzt und kann heute mit voller Überzeugung sagen, daß offen gezeigte Liebe zu weit größerem Erfolg führt als die Peitsche.

3. Kapitel

Schon ehe Yukon zu mir kam, hatte ich mir angewöhnt, täglich die Wildnis zu durchstreifen, Pfade zu bahnen, Wildwechsel und günstige Fangplätze zu kennzeichnen und Fallen nach einem ausgeklügelten System an erfolgversprechenden Stellen anzubringen. Jetzt fing ich an, Yukon auf diese Ausflüge mitzunehmen. Ich hielt ihn an der Leine, weil ich befürchtete, er könne etwas Interessantes wittern und fortlaufen, machte ihn aber auf dem Rückweg in der Nähe des Hauses los, damit er vor der Nacht noch etwas Auslauf hatte. Wir befanden uns auf einer dieser Wanderungen, als sich der Zwischenfall mit dem Elchbullen ereignete.

Es wäre denkbar, daß der Elch mich keineswegs angreifen wollte, sondern in seiner Raserei lediglich in die falsche Richtung lief, aber der unerwartete Anblick des gespensterhaften Geschöpfes, das geradewegs auf mich zustürmte, ließ mir das Blut in den Adern gefrieren. Ich stand wie angewurzelt da und starrte auf den grotesken, taumelnden Riesen.

Vergessen war das Jagdgewehr, das an einem Riemen über meiner Schulter hing; und vergessen war auch der Hund, der an seiner Leine zerrte. Ich konnte an nichts anderes denken als an den zottigen, ausgemergelten Koloß, der mit aufgerissenen Augen, den Kopf erhoben und nach hinten gebogen, weiter auf mich zulief. Er war ganz offensichtlich krank, hatte aber noch genügend Kraft, sich krachend einen Weg durch das Jungholz zu bahnen, wobei er die kleineren Stämme wie Streichhölzer knickte.

Jetzt war er schon bis auf zehn Meter an mich herangekommen, und in wenigen Sekunden würden die Hufe des rasenden Tieres über mich hinwegtrampeln. Noch immer war ich wie gelähmt und tat nichts zu meiner Rettung.

Yukon war zum Glück aus härterem Holz geschnitzt. Er machte einen Satz vorwärts, riß mir dabei die Leine aus der Hand und stieß einen tiefen, knurrenden Ton aus. Dann ging er zum Angriff über. Genau im richtigen Augenblick schnellte er wuchtig vom Boden ab und flog – den Körper voll ausgestreckt – wie ein Torpedo durch die Luft. Er prallte gegen den Elchbullen und schlug seine Fangzähne in die Nase des rasenden Tieres. In einem Knäuel von um sich schlagenden Gliedern stürzten Hund und Elch zu Boden.

In diesem Augenblick erwachte ich endlich aus meiner Betäubung. Blitzschnell riß ich das

Gewehr von der Schulter und legte an, konnte jetzt aber nicht schießen, ohne den Hund zu gefährden. Durch den Sturz war die Nase des Bullen Yukons Zähnen entglitten, aber der Hund verbiß sich sofort in den Hals seines Gegners und hinderte ihn daran, wieder auf die Füße zu kommen. Das gepeinigte Tier schlug wild um sich. Ich fing an, mir Sorgen um Yukon zu machen. Die Hufe des Elchs sind vernichtende Waffen. Der Hund war in Gefahr, von ihnen tödlich getroffen zu werden.

Ich versuchte, ihn zurückzurufen, aber selbst wenn er mich hörte, sein Urtrieb war stärker. Ich stand beinahe über den Tieren, bereit zu schießen, sobald sich die Möglichkeit bot. Dann bäumte sich der Bulle mit äußerster Kraft auf und schüttelte heftig den Kopf. Yukon wurde fortgeschleudert.

Mit großen Sätzen kam er herangeschossen, um erneut anzugreifen, und im selben Augenblick hob ich das Gewehr und drückte ab. Der Elch sank wie vom Blitz gefällt zu Boden. Der Schuß hatte ihn ins Gehirn getroffen. Yukon hatte bereits zum entscheidenden Sprung angesetzt und flog über das tote Tier hinweg. Er landete in einiger Entfernung, kam aber sogleich zurückgestürmt, um seinen gefallenen Gegner an der Kehle zu packen.

Ganz unbedacht tat ich einen Schritt nach vorn, um Yukons Leine aufzuheben. In letzten Zuckungen schlugen die Beine des Elchs wild aus. Einer der spitzen Hufe streifte meinen linken Oberschenkel, schürfte mir ein Stück Haut ab und warf mich rückwärts zu Boden. Yukon hingegen wich den Schlägen mit unglaublicher Behendigkeit aus.

Dann tat er etwas, was mich erstaunte und bewegte: Statt sich auf das tote Tier zu stürzen, kam er zu mir, um mir das Gesicht zu lecken und um mich herumzutänzeln, während ich aufstand. Nachdem ich seine Leine wieder an mich genommen hatte, führte ich ihn ein Stück weit weg und band ihn trotz seines Zerrens und aufgebrachten Bellens an einen Baum. Als siegreicher Jäger wollte er zu seiner Beute zurückkehren, um sich einen Happen von ihrem Fleisch zu holen. Aber das durfte ich ihm nicht erlauben, denn der Elch war augenscheinlich krank gewesen.

Ich ging zu dem toten Bullen zurück und untersuchte ihn sorgfältig. Er war jämmerlich mager, sein dunkles Fell trocken und struppig und die Behaarung an vielen Stellen abgeschürft. Eine Geweihschaufel war abgebrochen, so daß nur noch ein kurzer Stumpf aus seinem Schädel ragte. Dies bewies ganz deutlich, daß das Tier in seiner Qual gegen Bäume oder Felsen gestürmt sein mußte. Der Körper und die Läufe waren mit vielen Wunden bedeckt. Er bot einen mitleiderregenden Anblick, und ich war froh, daß die Kugel ihn erlöst hatte.

Als ich mir überlegte, was dem Tier gefehlt haben mochte, erinnerte ich mich, daß ein Nachbar mir erzählt hatte, Elche könnten sich eine Vergiftung zuziehen, indem sie eine bestimmte Sorte Wicken fraßen. Diese Pflanze, auch als Narrenkraut bekannt, führe mit der Zeit zu einer Gehirnkrankheit, die sich in wahnwitzigem Verhalten äußere. Das schien eine zutreffende Erklärung für den Koller des Bullen. Dennoch bückte ich mich, um ihn mir genauer anzusehen. Fragen dieser Art faszinierten mich. Ich hatte in England Biologie studiert und interessierte mich immer noch lebhaft dafür. Das erbärmliche Aussehen des Elchbullen ließ mich daran zweifeln, daß er tatsächlich an einer Vergiftung gelitten hatte. Vielmehr vermutete ich eine Viruskrankheit oder einen Befall durch Parasiten als Ursache seiner Qualen. Wenn mein Verdacht stimmte, bedeutete der Elch für eine Vielzahl von Tieren eine Gefahr. Ich konnte nicht mit gutem Gewissen fortgehen und zulassen, daß andere Tiere das infizierte Fleisch fraßen – erst recht nicht, nachdem ich gesehen hatte, wie schrecklich der Elch von der mysteriösen Krankheit geplagt worden war. Ich beschloß, den Kadaver zu verbrennen.

Aber zuerst mußte ich Yukon nach Hause bringen. Und ich brauchte auch Gefäße für die Gewebeproben, die ich dem toten Tier entnehmen wollte, um sie zu Hause unter dem alten Mikroskop zu untersuchen, das ich aus England mitgebracht hatte.

Die Stelle, wo der Bulle lag, war etwa fünf Kilometer von meinem Haus entfernt. Es vergingen mehr als zwei Stunden, bis ich mit einer

Handsäge, Gläsern für die Proben und Sezierbesteck dorthin zurückkehrte. Als erstes zersägte ich genügend Brennholz, um den Elch zu bedekken. Dann nahm ich Gewebeproben aus der Muskulatur, den Eingeweiden und dem Gehirn. Nachdem das getan war, schichtete ich Holz um den Kadaver herum auf, setzte es in Brand und blieb bei dem Scheiterhaufen, bis die Flammen erloschen.

Die Dämmerung hatte sich wie ein riesiger Schleier über die Wildnis gelegt, als ich wieder zu Hause anlangte, wo Yukon inzwischen eifrig damit beschäftigt war, die Beine des Küchentischs in Sägemehl zu verwandeln. Zum Glück ging er dabei nicht streng systematisch vor. Er hatte jedes Bein an mehreren Stellen angenagt, statt sich auf ein einziges zu konzentrieren. So stand der Tisch noch, wenn auch alle vier Beine reichlich mitgenommen aussahen.

»He! Du Nichtsnutz! Was hast du dir dabei gedacht!«

Yukon war nicht im geringsten beeindruckt. Freudig mit dem Schwanz wedelnd, kam er auf mich zugerannt und sprang ein ums andere Mal an mir hoch. Mein Ärger verschwand augenblicklich, und obgleich ich einen weniger stürmischen Empfang vorgezogen hätte, war ich glücklich, daß er da war, um mich zu begrüßen.

Um ihm meine Freude zu zeigen, versetzte ich ihm einen leichten Stoß mit der Faust, von dem ich wußte, daß er eine wilde Balgerei auslösen würde. Yukon versuchte auszuweichen, drehte sich dann aber rasch um und warf sich mir entgegen. Er packte mein Hosenbein und zog mich unter heftigem Knurren in der Küche umher.

Solche spielerischen Rangeleien hatten sich in den ersten Tagen unserer Freundschaft entwikkelt und waren inzwischen für uns beide zur Gewohnheit geworden. Sobald es Yukon gelang, mich umzustoßen, packte er irgendeinen Teil meiner Kleidung, der ihm gerade zwischen die Zähne kam, und ließ erst los, wenn ich die Arme um ihn schlang und ihn zu mir herunterzog. Dies war sein Lieblingsspiel. Er wehrte sich mit aller Macht, stieß mit den Hinterbeinen und spannte jeden Muskel seines Körpers an, um sich aus der Umklammerung zu befreien.

An diesem Abend war ich müde und gab mich geschlagen, indem ich eine Reihe von leisen, wolfsähnlichen Heultönen ausstieß. Dies ließ Yukon stets sofort innehalten. Er zog sich zurück, saß mit sichtlich besorgter Miene da und sah mir tief in die Augen. Er zeigte sich regelrecht bekümmert und brach selbst in lautes Klagen aus, worauf ich jedesmal sogleich die Arme ausbreitete und ihn zu mir rief. Wenn er dann kam, legte ich den Kopf an sein zottiges Fell, und wir blieben eine Weile ganz friedlich so liegen. Aber diesmal fuhr ich nicht mit dem Heulen fort, sondern lockte ihn statt dessen mit dem Zauberwort »Abendessen«. Während er fraß, ging ich hinaus, um den Rest meiner bunt zusammengewürfelten Hundefamilie zu versorgen.

Am nächsten Tag machte ich mich voller Neugier daran, die Gewebeproben zu untersuchen, die ich dem kranken Elch entnommen hatte. Ich schob ein Deckglas mit Muskelgewebe unter mein Mikroskop, konnte aber nichts Ungewöhnliches entdecken. Die erste Scheibe Gehirngewebe jedoch bescherte mir eine Überraschung: In der Gewebeprobe entdeckte ich ganz unverkennbar nicht weniger als sieben winzige Rundwürmer! So etwas war mir neu. Schlauchwürmer in den Eingeweiden von Tieren sind nichts Außergewöhnliches – aber im *Gehirn?*

Ich verbrachte den ganzen Nachmittag und Abend über meiner ziemlich umfangreichen biologischen Fachliteratur. Aber nirgends war von »Gehirnwürmern« die Rede. Am ehesten ließ sich meine Beobachtung noch mit der Beschreibung eines Schmarotzers in Einklang bringen, dem *Pneumostrongylus,* der in den Lungen von Wild- und Haustieren vorkommt.

War es möglich, fragte ich mich, daß Pneumostrongylen irgendwie aus den Lungen des Elches in sein Gehirn gelangt waren?

Zehn Jahre später sollte ich erfahren, daß ich mich mit meiner Vermutung auf der richtigen Fährte befunden hatte. Wissenschaftliche Untersuchungen in Ontario ergaben, daß Pneumostrongylen in der Tat jenen Koller auslösen, wie ich ihn bei dem Elch gesehen hatte! Narrenkraut hat überhaupt nichts damit zu tun.

Nach dem Zwischenfall mit dem Elch verbrachten Yukon und ich einige beschauliche Tage, an denen wir, mit Proviant und Werkzeug bepackt, die Fallenstrecken abgingen. Es wurde kälter, und der Himmel war bewölkt; aber der Schnee blieb aus, was in einem Land, wo nicht selten schon Mitte September die ersten Flocken fallen, sehr ungewöhnlich war. Täglich erwartete ich, frühmorgens beim Aufwachen einen tiefverschneiten Wald zu sehen, und ich freute mich auf die ruhige Zeit, in der die Natur unter einer dicken weißen Decke zu schlafen scheint.

Jener November 1955, der sich nun seinem Ende entgegenneigte, hatte mir den Beginn einer Freundschaft gebracht, die im Lauf der Zeit mein ganzes Leben verändern sollte. Ich hätte es nie für möglich gehalten, daß ein zotteliges, scheinbar bösartiges Tier solch einen Einfluß auf einen Menschen ausüben könnte. Und trotzdem, hätte ich gründlich darüber nachgedacht, wäre mir vielleicht klargeworden, daß dem Zusammenspiel von Mensch und Hund, das sich seit Urzeiten entwickelt hat, tatsächlich eine Kraft innewohnt, der sich beide Seiten nicht entziehen können. In der Wildnis wurde mir Yukon zu einem unentbehrlichen Gefährten. Wir streiften gemeinsam durch die Wälder, und wir schenkten einander Freundschaft und eine Art von Liebe, die nicht in Worte gefaßt werden kann.

Yukon trug jetzt seinen Teil der Lasten, denn ich hatte ihm aus zähem Leinen und den Riemen eines alten Pferdegeschirrs einen Tragsack angefertigt. Dieses Kunstwerk wurde ihm so über den Rücken gelegt, daß an beiden Seiten je eine Tragtasche hing. Als Yukon erstmals eine Last trug, wurde deutlich, daß die Arbeit ihm eine gewisse Zielstrebigkeit verlieh, als *wüßte* er, daß er etwas Nützliches und Notwendiges tat.

Bei unserer Heimkehr an diesem Abend wollte er sich den Tragsack nicht abnehmen lassen und wich mir immer wieder aus. Ich ließ ihm seinen Willen und überlegte mir, daß es ihm vielleicht Spaß machen würde, den anderen Hunden seine Tragtaschen vorzuführen. Seine Bereitwilligkeit, Lasten zu tragen, konnte sogar als ein gutes Vorbild für Rocky und Sooner dienen, die so etwas noch nie getan hatten.

Als wir die Scheune betraten, begrüßte Susie Yukon mit der gewohnten Freundlichkeit. Sie zeigte wenig Interesse für seine Tragtaschen und kam schließlich zu mir, um sich streicheln zu lassen. Sooner, immer begierig, alles zu untersuchen, was Futter enthalten könnte, vergaß die Regeln des Rudels und trabte zu Yukon hin, um die Tragvorrichtung zu beschnuppern. Als der Wolfshund zornig knurrte, wurde sich Sooner seines Fehltritts bewußt und wich erschrocken zurück.

Jetzt kam Rocky herbei. Fasziniert von dem neuen Gegenstand, den Yukon auf dem Rücken trug, vergaß auch er seine Manieren. Er näherte sich frech und ohne die gebührenden Höflichkeitsbezeigungen. Yukons Mähne sträubte sich, und er gab ein drohendes Knurren von sich. Rocky ließ die Warnsignale außer acht, und sofort entspann sich ein Kampf. Yukon fiel über Rocky her, schlug ihm die Zähne in die rechte Schulter und schüttelte ihn so heftig, daß der Eskimohund quer durch die Scheune geschleudert wurde. Als Rocky sich erneut auf seinen Angreifer stürzte, packte Yukon ihn an der Schnauze und preßte ihn mit einer wütenden Drehung gegen den Boden. Der arme Rocky kapitulierte sehr schnell.

Der Kampf hatte kaum mehr als zehn Sekunden gedauert, aber Rocky hatte eine klaffende Wunde an der Schulter und einen Riß am Ohr davongetragen. Bei Yukon war auch diesmal nicht der geringste Kratzer zu entdecken.

Schuld an dem Kampf war jedoch ich. Da ich Yukon die meiste Zeit von seinen Arbeitsgefährten fernhielt, hatten die Hunde keine Gelegenheit gehabt, sich den Regeln des Rudels anzupassen. Yukon mußte sich an seine Rolle als Leithund gewöhnen, und Rocky und die anderen mußten lernen, sich führen zu lassen. In Zukunft würde Yukon mehr Zeit in der Scheune verbringen müssen. Bereits am selben Abend brachte ich ihn für die Nacht zu den anderen Hunden.

Am nächsten Morgen erkannte ich, daß ich meine zur Neige gehenden Fleischvorräte auffüllen mußte. So machte ich mich mit Yukon auf den Weg, nachdem die täglichen Arbeiten erledigt waren. Die Tragtaschen des Hundes waren vollgestopft mit Fallen. Ich beabsichtigte, sie auszulegen und danach ein wenig zu jagen. Ein größerer Elch würde genügen, mich für den ganzen Winter von der Sorge um Fleisch zu befreien. Während wir durch den Wald gingen und die Fallen verteilten, hielt ich aufmerksam Ausschau nach Spuren, fand jedoch nicht eine einzige Elchfährte. Als wir nach Hause kamen, war mir klar, daß ich weiter draußen suchen mußte, zwischen den Fichten und kleinen Seen, wo sich die Elche sicherlich aufhielten. Allerdings würde das Heimschaffen der Beute wegen der großen Entfernung sehr erschwert werden – bei einem ausgewachsenen Elch galt es immerhin, dreihundert Kilo Fleisch zu transportieren. Kein Wunder also, daß ich mir sehnlichst Schnee herbeiwünschte, weil ich dann den Schlitten und das Hundegespann für den Transport des Fleisches verwenden konnte.

Anfang Dezember war es mir immer noch nicht gelungen, einen Elch zu schießen, und ich machte mir Sorgen. Als es kälter wurde und der Schnee ausblieb, zogen sich die Elche in ihre Verstecke zurück und hinterließen kaum noch Spuren auf der gefrorenen Erde. Tag für Tag brach ich beim Morgengrauen zur Jagd auf. Ich ging allein, denn Yukon würde mich nur behindern – zumindest glaubte ich das damals. Wenn ich bei Einbruch der Dunkelheit entmutigt und mit leeren Händen zurückkehrte, gönnte ich mir nichts weiter als einen Teller gekochter Bohnen mit ein paar Speckwürfeln. Was noch an Fleisch in der Speisekammer übrig war, wurde für die Hunde gebraucht.

Doch nicht allein die erfolglose Jagd bereitete mir Sorgen, sondern auch der Zeitdruck, unter dem ich mich befand. Die ausgelegten Fallen mußten regelmäßig kontrolliert werden, und ich hatte mich vertraglich verpflichtet, einer etwa hundert Kilometer südlich gelegenen Papierfabrik fünfzig Klafter gesägtes Fichtenholz zu liefern. Der letzte Termin war der 31. Januar: Es blieben mir also nicht einmal mehr zwei Monate. Da der Holzverkauf meine einzige Einkommensquelle für den Erwerb von Lebensmitteln während des Winters war, konnte ich es mir nicht leisten, vertragsbrüchig zu werden. Auch bei diesem Vorhaben brauchte ich die Hunde und den Schlitten für den Transport. Und es schneite immer noch nicht.

Die Ruhe vor dem Sturm ist im Norden Kanadas keine leere Redensart. Für gewöhnlich kommt der Schnee verstohlen und mitten in der Nacht, und mit ihm kommt auch die große Kälte. Kurz bevor das Unwetter losbricht, verstummen die vertrauten Stimmen der Wildnis, und von einem Augenblick zum andern wird es vollkommen still. Die Tiere, naturverbunden und instinktsicher, spüren die Veränderung in der Atmosphäre und reagieren darauf, indem sie selbst die leisesten Geräusche zu vermeiden suchen. Wenn kein Laut mehr die Stille durchbricht, ist es, als hielte die Natur den Atem an. Alles Leben scheint aus der Wildnis verschwunden zu sein.

Die Ruhe vor dem Sturm kam zwischen der Stunde des Abendessens und der Schlafenszeit am Ende eines Tages, an dem ich wieder einmal erfolglos gejagt hatte. Kurz ehe ich mich zu meiner dürftigen Mahlzeit niedersetzte, ging ich hinaus, um Brennholz zu holen. Das Thermometer zeigte zwanzig Grad unter Null. Nach dem Essen saß ich zwei Stunden mit einem Buch neben dem Ofen, dann stand ich auf, um weitere Holzscheite von draußen zu holen.

Sobald ich die Tür öffnete, fiel mir auf, wieviel kälter es geworden war. Auf der Veranda spürte ich die absolute Stille und sah die blaugrünen Lichter, die sich wellenartig an dem mit hellen Sternen übersäten Firmament bewegten. Für ein paar Augenblicke beobachtete ich das Schauspiel; ich werde es nie müde, das Nordlicht zu sehen. Dann ging ich zum Thermometer. Die Quecksilbersäule war jetzt auf sechsundvierzig Grad unter Null gefallen. Ich konnte es kaum glauben; einen solch extremen Temperaturrückgang hatte ich noch nie erlebt.

In dieser Nacht kam der *Keewatin* – so nennen die Indianer im Westen der Hudsonbay den Nordwind. Er brachte mildere Temperaturen und trieb dicke Schneewolken vor sich her. Der Keewatin entfesselt den Blizzard und tobt oft vier oder fünf Tage lang über das Land. Schneemassen dringen in jede Ritze und in jeden Winkel des Waldes, selbst dort, wo die Fichten und Zedern sich dicht aneinanderdrängen und einen

Wall aus Ästen und Stämmen bilden, unter dem die Tiere der Wildnis Unterschlupf suchen. Eng zusammengerollt trotzen sie der Gewalt der Schneestürme und warten, bis der Keewatin sich beruhigt hat und dorthin zurückkehrt, woher er gekommen ist.

Am nächsten Morgen war die Temperatur auf zehn Grad unter Null gestiegen, aber ich mußte nach draußen gehen, um das Thermometer sehen zu können, denn vor den Fenstern hatte sich eine dicke Schneeschicht angehäuft. Ich blieb in der Verandatür stehen und schaute hinaus auf die Lichtung. Nie hätte ich mir träumen lassen, daß es so viel Schnee geben könnte! Die ganze Welt war in Weiß gehüllt. Ich lief zur Scheune und fütterte die Hühner, dann holte ich die Hunde zu deren großer Freude zum Frühstück ins Haus. Solange sie mit Fressen beschäftigt waren, ging alles gut, aber sobald die Mahlzeit beendet war, erwachte ihr Tatendrang, und sie jagten wild durch die Zimmer. Schließlich mußte ich sie in die Scheune zurückbringen, ehe ich mich meinem eigenen Frühstück widmen konnte.

Der Blizzard hielt zwei Tage an. Die fallenden Schneeflocken wurden kurz über der Erde von einer gewaltigen Luftströmung erfaßt und in rasendem Wirbel heftig nach oben gerissen. Es schien, als sei draußen die Hölle losgebrochen. Ich ging zweimal auf die Lichtung hinaus, nachdem ich den Hunden ihre Morgenmahlzeit gegeben hatte. Aber beide Male kehrte ich rasch um und flüchtete mich halb blind und mit einem aufkommenden Gefühl von Panik in den Schutz des Hauses, denn es war schon öfter vorgekommen, daß sich ein Bewohner dieser Gegend nur wenige Meter von seinem Zuhause entfernt im Blizzard verirrt hatte. Nach dem zweiten Versuch gab ich es auf und begnügte mich damit, aus dem Fenster zu sehen und in meinen Biologiebüchern zu lesen.

Am Spätnachmittag des zweiten Tages flaute der Keewatin ab. Bis zum Abend hatte sich der Wind gelegt, und gegen Mitternacht hörte es auch auf zu schneien. Ich ging zu Bett, aber mein Schlaf war ruhelos. Beim Morgengrauen wachte ich auf, kleidete mich an und ging hinaus. Die Schneeschuhe hatten seit März auf der Veranda gehangen. Ich zog sie an.

Meine Schritte waren jetzt lautlos, und die Netze der Schneeschuhe sanken etwa zehn Zentimeter tief in den hüfthoch liegenden Schnee ein. Aber im Wald herrschte wieder Leben. Der schrille Ruf eines Schopfspechts drang zwischen den Bäumen hindurch. Ich sah ihn, wie er mit seinen ruckartigen Flügelschlägen über die kleine Lichtung flog. Meisen zwitscherten leise, während sie nach Insekten suchten.

Bald stieg die Sonne über den Bäumen auf, und die Wildnis war in goldenes Licht getaucht. Zufrieden verbrachte ich einige Zeit damit, einen festen Pfad zwischen der Scheune und dem Haus zu treten, wobei mein Stampfen vom Bellen der Hunde begleitet wurde, die zu mir herausgelassen werden wollten. Ich bereitete ihre Morgenmahlzeit zu, und während sie fraßen, fütterte ich die Hühner, sammelte drei hartgefrorene Eier ein, kehrte danach ins Haus zurück und gönnte mir ein ausgiebiges Frühstück. Eine Stunde später zog ich, das Gewehr über die Schulter gehängt, los, ohne mich weiter um das vorwurfsvolle Geheul der eingesperrten Hunde zu kümmern. Ich mußte nun endlich einem Elch auf die Spur kommen.

Ich töte nicht gern. Heute jage ich nicht mehr. Ich habe sofort damit aufgehört, als ich es mir leisten konnte, Fleisch zu kaufen, das von Tieren stammte, die jemand anders getötet und geschlachtet hatte. Töten ist eine blutige, barbarische Angelegenheit, die mir zutiefst widerstrebt. Wenn ich jagte, zwang ich mich deshalb zu äußerster Zielstrebigkeit. Ich verschloß mein Gemüt gegen die Schönheit der Natur und konzentrierte mich ausschließlich darauf, Fährten zu suchen, den Wind zu prüfen und ans Wild heranzupirschen.

An diesem Tag hatte ich Glück, aber es vergingen sechs Stunden zwischen dem Augenblick, als ich die ersten frischen Elchspuren entdeckte, und dem tödlichen Schuß. Dann dauerte es eine weitere Stunde, bis ich das Tier ausgenommen und seine Eingeweide verbrannt hatte, damit die darin hausenden Parasiten nicht auf Aasfresser übergehen konnten. Als das erledigt war, wand ich meine Jagdbeute mit einem eigens dafür mitgebrachten Flaschenzug vom Boden hoch – so war sie fürs erste in Sicherheit. Dem folgte ein zweistündiger Marsch nach Hause, der zu einem Wettlauf mit der hereinbrechenden Dunkelheit wurde. Dann holte ich die Hunde aus der Scheune und spannte sie vor den Schlitten. Yukon führte das Gespann zum ersten Mal über den Schnee.

Es war eine wilde, fast lautlose Fahrt. Ich stand auf den Enden des Schlittens und lauschte auf das Wispern der Kufen, die über den Schnee glitten. Kann es ein aufregenderes Erlebnis geben?

Es war finstere Nacht, als wir mit fast dreihundert Kilo Fleisch, einem riesigen Fell und einem grotesken Elchkopf, von dem die Geweihschaufeln abgeworfen waren, nach Hause zurückkehrten.

An diesem Abend speisten wir wie die Fürsten. Die Hunde bekamen eine gewaltige Portion gekochter Leber, Lunge und Herz, dazu eine doppelte Menge Haferflocken; und ich selbst genehmigte mir ein großes, zartes Steak, auf das ich so lange verzichtet hatte.

4. Kapitel

Es war der letzte Tag des alten Jahres. Während ich draußen vor dem Haus stand und auf den Wald blickte, verflog die Niedergeschlagenheit, die ich beim Aufstehen um Viertel vor fünf in der Dunkelheit meines kalten Schlafzimmers empfunden hatte. Ganz gleich, wie meine Stimmung war, die Wildnis übte stets eine heilsame Wirkung auf mein Gemüt aus. Von der Scheune drang das verhaltene Kläffen der Hunde herüber; sie wußten, daß ich mich in ihrer Nähe aufhielt. Ein paar Vögel zwitscherten leise – es waren schläfrige Töne, ohne viel Begeisterung hervorgebracht. Abgesehen davon war die Umgebung noch in die Stille des frühen Morgens gehüllt.

Seit einigen Monaten hatte ich es mir zur Gewohnheit gemacht, täglich zu dieser Stunde ein paar Minuten lang die Wildnis zu betrachten, um die Stimmung und die Atmosphäre der Natur in mich aufzunehmen. Danach war ich bereit, dem Tag entgegenzusehen.

An diesem 31. Dezember hatte ich beim Aufwachen festgestellt, daß das Feuer im Ofen während der Nacht ausgegangen war. Die Außentemperatur betrug fünfundzwanzig Grad unter Null; drinnen war es lediglich zehn Grad wärmer. Es gibt wahrhaftig Angenehmeres, als unter solchen Bedingungen den Tag zu beginnen. Später, als ich das Feuer wieder entfacht hatte, ging ich hinaus, um Wasser aus dem Brunnen zu holen. Das Seil zerriß, und der Eimer fiel in den sechs Meter tiefen Schacht. Es dauerte eine Viertelstunde, ihn herauszuangeln. Die Kälte kroch mir fast bis ins Mark. Ich fühlte mich niedergeschlagen und elend, und die Versuchung, wieder ins Bett zu kriechen, war nahezu unwiderstehlich. Nach einer Tasse heißen Kaffees ging es mir dann etwas besser, und der am Abend zuvor gefaßte Entschluß, den Tag über Holz für die Fabrik zu schlagen, trug dazu bei, mein Pflichtgefühl anzuspornen.

In letzter Zeit hatte ich meinen Tag in Holzfällen und Fallenstellen aufgeteilt. Als ich jedoch am vergangenen Abend die Resultate meiner Arbeit für die Papierfabrik zusammengezählt hatte, war mir klargeworden, daß ich den kommenden Monat ausschließlich dem Holzschlagen widmen mußte, wenn ich den Liefertermin Ende Januar einhalten wollte. So beschloß ich, vor Jahresende noch einen Klafter zu fällen, am Neujahrstag die Fallen einzusammeln und mich dann ausschließlich auf die Arbeit mit Axt und Säge zu konzentrieren, bis ich mein Soll erfüllt hatte.

Das Gebiet, in dem die Bäume gefällt wurden, war rund sechs Kilometer vom Haus entfernt. Für gewöhnlich ging ich zu Fuß dorthin, nicht nur, weil ich den einstündigen Spaziergang genoß, sondern auch, weil es mir rücksichtslos erschienen wäre, mich von den Hunden eine so kurze Strecke ziehen zu lassen und sie dann den ganzen Tag draußen am Holzplatz angebunden zu halten. Wenn es eine Ladung zu transportieren gab, nahm ich die Hunde mit; sonst waren sie in der Scheune besser aufgehoben.

Nachdem ich die Tiere gefüttert hatte, machte ich mich mit Schneeschuhen auf den Weg. Im Freien war die Sicht einigermaßen gut, aber innerhalb des Waldes herrschte ein ungewohnt diffuses Licht. Am Abend zuvor war ein starker Wind aufgekommen und hatte stellenweise fast meterhohe Schneewehen aufgetürmt. Der Pfad war verschwunden, und ich hatte Mühe, zum Holzplatz vorzudringen. Schweißgebadet kam ich dort an und bereute bereits, nicht gleich zu Anfang wieder umgekehrt zu sein.

Obgleich die Morgendämmerung schon einige Stunden zurücklag, war noch immer alles in düsteres Zwielicht getaucht. Der Himmel war bedeckt, aber es sah nicht nach Schnee aus. Es blieb windstill, und die Temperatur stieg an. Ich machte mich eifrig an die Arbeit, kam gut in Schwung und konnte nach zwei Stunden mit dem Ergebnis sehr zufrieden sein. Doch man soll den Tag nicht vor dem Abend loben. Ich schwang die Axt, um eine Fichte einzukerben; das Blatt traf auf einen in der Nähe befindlichen Ast und lenkte den Schlag ab. Mit fast unverminderter Wucht prallte der Axtstiel gegen den Baumstamm und zerbrach wie ein Streichholz. Ich hätte daraufhin Schluß machen sollen, statt dessen hetzte ich jedoch trotzig nach Hause zurück, um mir eine neue Axt zu holen. Diesmal spannte ich die Hunde vor den Schlitten und machte mich schleunigst wieder auf den Weg zum Holzplatz.

Die Tiere waren ausgeruht und voll überschüssiger Kraft. Ich stand auf den Enden der Kufen, ließ Yukon das Tempo angeben und beobachtete, wie das Gespann sich zu dem fließenden, raumgreifenden Galopp steigerte, der den

Schlitten auf dem harten Schnee dahinflitzen ließ. Als wir unser Ziel erreichten, war ich enttäuscht, daß die Fahrt so schnell vorüber war, und den Hunden ging es ebenso. Sie wären allzu gerne weiter dahingejagt.

Entschlossen, den Zeitverlust aufzuholen, legte ich mich mit der neuen Axt jetzt mächtig ins Zeug. Die Hunde hatte ich abgeschirrt und mit ihren Leinen an Bäume gebunden. Sie rollten sich, den buschigen Schwanz über die Schnauze gelegt, im Schnee zusammen. Bald war ich so in meine Arbeit vertieft, daß ich die Zeit vergaß. Während des Spätnachmittags bemerkte ich einen scharfen Wind, der durch die Bäume fuhr und graupeligen Schnee vor sich hertrieb. Aber in meinem Eifer scherte ich mich weiter nicht darum.

Ich weiß nicht, wieviel Zeit noch verging, bis Yukon mich auf den Sturm aufmerksam machte, indem er mich laut ankläffte und den eindringlichen, hohen Ruf ausstieß, den er sich für wichtige Angelegenheiten aufsparte. Ich unterbrach meine Arbeit und sah, daß er aufgesprungen war und an seiner Leine zerrte. Die anderen Hunde standen ebenfalls auf, beobachteten ihren Anführer und gaben deutlich ihr Unbehagen zu erkennen. Noch ehe ich Zeit hatte, mich über ihre Ruhelosigkeit zu wundern, schlugen mir Massen treibenden Schnees ins Gesicht und brannten auf meiner Haut. Während ich mich rasch umdrehte, um meine Wangen zu schützen und mir die Tränen aus den Augen zu wischen, wurde mir bewußt, daß ein Blizzard herannahte.

Es kam mir nicht in den Sinn, an Gefahr zu denken. Selbst wenn wir bei diesem Wetter für unseren Heimweg doppelt so lang wie gewöhnlich brauchten, waren wir immer noch in einer halben Stunde zu Hause. Auf jeden Fall, sagte ich mir, führt der Rückweg größtenteils durch dichten Wald, der uns Schutz bietet, auch wenn der Blizzard sehr heftig werden sollte.

Zwar wollte ich gleich aufbrechen, aber ich sah keinen Anlaß zu übertriebener Eile.

Sobald ich den Schlitten umgedreht hatte, fing Yukon an, ungeduldig um mich herumzuhüpfen, als könne er es nicht erwarten, sich auf den Weg zu machen. Während Sooner, Rocky und Susie angeschirrt wurden, geriet der Leithund fast außer sich vor Eile, seinen Platz einzunehmen. Ich achtete nicht auf sein Verhalten, denn er war immer darauf erpicht zu laufen. Das Anschirren der Hunde dauerte nicht lange, aber noch ehe ich losfahren konnte, hatte der Blizzard uns erreicht.

Der Wind wurde plötzlich stärker und trieb laut heulend große tanzende Schneeflocken durch den Wald, der jetzt in einen wogenden weißen Schleier gehüllt war. Es schien unfaßbar, aber binnen einiger Sekunden waren die Umrisse von Bäumen, die nur wenige Meter entfernt standen, wie ausgelöscht. Ich wußte, daß der Pfad bald völlig zugeschneit sein würde. Statt auf dem Schlitten mitzufahren, wie ich zuerst vorgehabt hatte, würde ich vor den Hunden hergehen und einen Weg bahnen müssen. In der Hast glitt mir das Leitseil aus den Händen, als ich Yukon damit an mich binden wollte, und ich mußte mich bücken, um es aufzuheben. Unser Aufbruch verzögerte sich dadurch sicher nur um ein paar Sekunden, aber schon dieser kleine Zeitverlust brachte mich nahezu aus der Fassung.

In diesem Teil des Waldes mit seinem Torfmoorboden wuchs nur eine Art von Bäumen: Schwarzfichten. Im Umkreis von vielen Kilometern reihte sich in erstaunlicher Gleichförmigkeit Fichte an Fichte. Solche Wälder sind wie Labyrinthe. Die Bäume stehen dicht beisammen und bilden ein Dach über dem Boden, durch das fast kein Sonnenstrahl dringt. An trüben Sommertagen kann es leicht passieren, daß sich ein unerfahrener Holzfäller in diesen Wäldern verirrt. Im Winter ist es für gewöhnlich nicht schwer, den Weg zu finden; man braucht nur seine eigenen Spuren zurückzuverfolgen. Aber bei einem Blizzard verschwinden diese unter immer neuen Schneemassen.

Mir war endlich klargeworden, was geschehen könnte, wenn ich den Weg verlor, und ich fing an, mir Sorgen zu machen. Die Dämmerung brach rasch herein, und der alles verhüllende Schnee erschwerte noch zusätzlich die Sicht. Als wir die kleine Lichtung verließen, war der Pfad nach Hause bereits kaum mehr zu erkennen. Zu allem Überfluß begann Yukon auch noch verrückt zu spielen, zog fortwährend nach links und riß an der Leine, die ich mir um die Taille gebunden hatte. Allmählich verlor ich die Geduld mit ihm. Ich hatte wahrhaftig schon genug Sorgen. Unser Heimweg würde uns geradewegs dem Blizzard entgegenführen, und der Pfad verschwand immer mehr unter zahllosen Schneeverwehungen, die den Sanddünen einer Wüste glichen.

Gegen einen wild tobenden Schneesturm anzukämpfen, stellt äußerste Anforderungen an Körper und Psyche. Der Schnee schneidet schmerzhaft ins Gesicht und sticht in die Augen, so daß sie zu tränen beginnen. Während der vom Blizzard überraschte Mensch mit den körperlichen Torturen fertig zu werden versucht, schleichen sich Angst und Panik in die Gedanken ein und gaukeln der Phantasie Schreckensbilder vor, bis der Mund trocken wird und die Gedärme rebellieren.

Nach wenigen Minuten schon mußte ich stehenbleiben, um mein Taschentuch in drei Streifen zu reißen. Ich knotete sie zu einem Schal zusammen und band sie zum Schutz gegen den Sturm um Hals und Kinn. Ich sah auf die Hunde. Ihr Fell war mit einer dicken Schneekruste überzogen. Als der Schlitten haltmachte, hatten sie sich hingelegt, um dem Peitschen des Blizzards zu entgehen, aber sie sprangen rasch auf, als ich mich anschickte, den Heimweg fortzusetzen.

Eine Weile später sah ich mich gezwungen, keuchend nach Luft zu schnappen; mein Körper war an manchen Stellen feuchtkalt und klebrig und an anderen unangenehm heiß. Das letzte Tageslicht war verschwunden. Ich hatte beschlossen, wieder haltzumachen, um eine Ruhepause einzulegen, aber in diesem Augenblick gelangten wir an eine Biegung des Pfades, die mir völlig fremd war. Und gleich danach wurden wir von einem Wall aus umgestürzten Baumstämmen jäh zum Anhalten gezwungen. Selbst in der Dunkelheit konnte ich erkennen, daß dieses sperrige Hindernis schon seit langem dagelegen haben mußte. Ich hatte mich verirrt. Wir hatten die richtige Spur verloren und waren irgendwo in einen schmalen Wildpfad eingebogen, der jetzt hier endete. Mein Herz hämmerte, und mir war elend zumute. Wo hatte ich bloß den richtigen Weg verlassen? Wie sollte es jetzt weitergehen? Ich spürte den Drang, blind voranzustürmen, in wilder Raserei über die Baumstämme zu setzen, bis ich den verlorenen Pfad wiedergefunden hatte.

In dieser Lage ist es schwer, die Nerven zu behalten. Die nackte Angst kroch in mir hoch, und mich überkam das unsinnige Gefühl, schon immer in diesem erbarmungslosen, heulenden Sturm gestanden zu haben. Wärme, Behaglichkeit, Sicherheit – mir schien, als hätte es all dieses nie gegeben. Der Blizzard, die Dunkelheit und die Angst waren die grausame Wirklichkeit.

Eine endlos lange Zeit stand ich wie betäubt da. Dann war Yukon plötzlich neben mir; er preßte seinen großen Kopf an meinen Schenkel und stieß mich mehrmals mit der Schnauze an. Wie soll ich die grenzenlose Erleichterung beschreiben, die ich empfand, als dieser wundervolle Hund kam, um mir zu zeigen, daß ich nicht allein war? Er gab mir Mut. Ich weiß, daß er meine Angst spürte. Er war immer imstande, meine Gefühle zu erfassen. Ich hockte mich neben ihn, umarmte ihn und legte den Kopf an seine eisbedeckte Schulter. So verharrte ich eine Weile, und Yukons Nähe half mir, wieder zur Vernunft zu kommen. Ich befahl mir, ruhig zu bleiben – alles würde nur schlimmer werden, wenn ich kopflos umherirrte.

Aus unserer heiklen Situation konnten wir uns nur befreien, wenn es gelang, die Strecke zwischen Holzplatz und Haus wiederzufinden. Aber zuerst mußte der Schlitten auf dem schmalen Pfad umgedreht werden. Ich spannte so schnell wie möglich die Hunde aus, was bei dem Sturm schwierig genug war. Dann wendete ich unter Aufbietung all meiner Kräfte den Schlitten, und sobald die Hunde wieder angeschirrt waren, setzten wir uns in Bewegung. Ich ging langsam vor dem Gespann her und versuchte, unsere alte Fährte wiederzufinden.

Eine Stunde später irrte ich immer noch verzweifelt herum. Anfangs war es mir gelungen, unsere Spuren auszumachen, aber als es noch dunkler wurde, bildeten die undeutlichen Umrisse der Bäume, die sich immer enger zusammenzudrängen schienen, meine einzigen Anhaltspunkte. Ich blieb oft stehen, bückte mich und tastete mit der bloßen Hand nach den harten Furchen, die die Schlittenkufen im Schnee hinterlassen haben mußten. Es war vergeblich. Yukon gebärdete sich wieder störrisch und leistete spürbaren Widerstand. Der Blizzard beunruhigte ihn wahrscheinlich nicht weniger als mich selbst, sagte ich mir. Ich konnte ihm nicht böse sein.

Als der Pfad so schmal wurde, daß er kaum mehr Platz für den Schlitten bot, wußte ich, daß ich den Rückweg zum Holzplatz verfehlt hatte. Ich hatte keine Ahnung, wo wir uns befanden, und ich war erschöpft. Meine Beine zitterten vor Schwäche, und meine Lungen schmerzten. Wenn ich nicht bald eine Pause einlegte, brach ich zusammen. Umkehren konnte ich nicht – denn dazu hätte ich wissen müssen, wo vorn und wo hinten war. Es hatte keinen Sinn, das Gespann auf gut Glück weiterzuführen.

Seltsamerweise wurde ich jetzt, da wir uns tatsächlich in äußerster Gefahr befanden, vollkommen ruhig. Mir war klar, daß meine körperliche Verfassung in dieser Lage von größter Wichtigkeit war; wenn ich zusammenbrach, gab es keine Hoffnung mehr. Die Hunde machten noch einen erstaunlich frischen Eindruck, ja, sie schienen sogar begierig zu sein, sich wieder in Bewegung zu setzen. Ich beschloß, mich auf die Kufen zu stellen und die Tiere weiterziehen zu lassen. Ihr Instinkt würde ihnen helfen, jedem Hindernis auszuweichen.

Dies war der Augenblick, in dem Yukon die Initiative ergriff. Plötzlich stürmte er nach links, ungeachtet des Widerstands der Fußbremse, die ich automatisch in den Schnee hinunterdrückte. Er war nicht aufzuhalten, und da ich mir sagte, daß wir ohnehin nichts mehr zu verlieren hatten, ließ ich ihn gewähren. Außerdem hatte er so zielstrebig eine bestimmte Richtung eingeschlagen, daß ich anfing, Hoffnung zu schöpfen. Kannte er den Rückweg? Welche geheimnisvollen Sinne besaß er, die ihn möglicherweise befähigten, in finsterer Nacht und in völlig unbekanntem Gelände den Weg nach Hause zu finden?

Jetzt, da ich nichts zu tun hatte, ordnete ich meine Gedanken. Ich wußte, daß ich die aufkeimende Angst nur im Zaum halten konnte, wenn ich meine Aufmerksamkeit konkreten Aufgaben zuwandte. Tatsächlich gelang mir der Versuch, im An- und Abschwellen des Sturmes eine Gesetzmäßigkeit zu erkennen. Dann konzentrierte ich mich auf Einzelheiten und typische Merkmale im Gelände. Trotz Dunkelheit und wirbelndem Schnee zwang ich mich, unentwegt in den Wald zu spähen, und ganz allmählich kam eine seltsame Heiterkeit über mich. Einmal lachte ich sogar leise vor mich hin, als mir einfiel, wie sehr ich mich in öden Stunden am Schreibtisch meines Londoner Büros nach herzerfrischenden Abenteuern gesehnt hatte. Abenteuer sind wohl nur dann verlockend, sagte ich mir, wenn man bequem im warmen Zimmer sitzt und das Ganze jemand anderem widerfährt.

Danach beobachtete ich die Hunde, deren Umrisse gut zu sehen waren. Yukon leistete natürlich den schwersten Teil der Arbeit, denn er mußte den Weg für die anderen bahnen. Immer mehr gelangte ich entgegen aller Logik zu der Überzeugung, daß er genau wußte, wohin er lief. Sein Orientierungssinn war ebenso vorzüglich ausgeprägt wie der eines Wolfes. Mit hoch erhobenem Kopf stapfte er unermüdlich durch den Schnee. Ich staunte über seine Ausdauer.

An jenem Abend führte uns Yukon so sicher zurück, als wäre er mit einem unsichtbaren Seil an das Gehöft gebunden. Als wir aus dem Wald auf unsere Lichtung kamen, sprang ich vom Schlitten und fiel in den tiefen Schnee. Nachdem ich mich wieder aufgerappelt hatte, lief ich hinter dem Gespann her. Ich stolperte und schwankte, war aber so glücklich und erleichtert, daß ich meinen Gefühlen körperlich Luft machen mußte.

Es dauerte nur wenige Minuten, die Lichtung zu überqueren, aber an dieser ungeschützten Stelle traf uns der Blizzard mit voller Wucht, und jetzt erst spürte ich, wie steif und durchfroren ich war. Der Wind war eisig, und mein Gesicht schmerzte, als träfen mich tausend Nadelstiche. Ein Glück, daß der Weg über die Lichtung nur kurz war; sonst hätte ich es wohl kaum bis zum Haus geschafft.

Als ich die Hunde ausgespannt und versorgt hatte, war ich am Ende meiner Kraft. Den Tieren hingegen schien das Erlebnis kaum etwas ausgemacht zu haben. Sie scharten sich erwartungsvoll um mich und wedelten energisch mit dem Schwanz, als ich ihnen ihr Futter in die Scheune brachte. Ich stellte die Schüsseln auf den Boden, dann wagte ich mich noch einmal hinaus, stemmte mich gegen den heulenden Sturm und stürzte schließlich ins Haus. Endlich waren die Strapazen überstanden.

Trotz meiner Erschöpfung bereitete ich mir an diesem Abend zu später Stunde noch ein Festmahl: Es gab gebratenes Waldhuhn, Reis mit gedörrten Aprikosen und Mohrrüben mit Speck. Um Mitternacht schenkte ich mir einen Whisky ein und trank auf das neue Jahr. Was würde es mir wohl bringen?

Nach einem langen, strengen Winter war tausendfach neues Leben in die Wildnis eingekehrt. An Büschen und Sträuchern leuchteten zarte Blätter in der Frühlingssonne und verschmolzen mit dem frischen Grün der Nadelbäume zu hell schimmernder Pracht. Der Wald war jetzt ein üppiger Garten, der Yukon und mich zu Streifzügen einlud. Überall trafen wir auf die Spuren des Frühlings: milde, reine Luft, junge Triebe, kleine Eier, die vorsorglich unter Gräsern und Zweigen versteckt lagen. Ich hatte die verjüngenden Eigenschaften des Frühlings nie wirklich zu schätzen gewußt; dazu hatte ich erst einen Winter in den Wäldern des Nordens erleben müssen.

An diesem herrlichen Morgen im Mai genossen Yukon und ich, jeder auf seine Art, diese schöne Jahreszeit. Yukon, den ich von der Leine befreit hatte, war mit einem jener fesselnden Gerüche beschäftigt, an denen Hunde so viel Vergnügen finden. Ohne festes Ziel streunten wir durch die Arkaden des Waldes. Würzig duftende Zedern umringten uns, und unter ihnen tollten Schneehasen umher, denen der Frühling zu Kopf gestiegen war.

Nach einiger Zeit kamen wir zu einer Lichtung, auf der ich mich besonders gerne aufhielt – eine kleine Erhebung aus Granitstein, die mit Blaubeerbüschen und hellgrünen Flechten bewachsen war. Als wir dort eintrafen, war es bereits Mittag, und ich verspürte Hunger. Ich setzte mich hin, streckte die Beine aus und nahm den Rucksack ab. Yukon stand schwanzwedelnd vor mir und wartete begierig auf den Knochen, den er immer bekam, ehe ich meine belegten Brote aß.

Während ich zufrieden kaute, schweifte mein Blick über die Landschaft. Wie bei den meisten Bewohnern der Wildnis hatte sich meine Zeitrechnung inzwischen verändert. Ich maß das Jahr nicht mehr entsprechend dem Kalender von Januar bis Dezember, sondern vielmehr von einem Frühling zum nächsten. So gesehen war das alte Jahr gut gewesen. Sicher hatte es mir zahlreiche Beschwernisse und Ungewißheiten gebracht, aber es hatte mich auch vieles gelehrt und mich erkennen lassen, wie wenig ich wußte. Viele meiner früheren Wertvorstellungen waren ins Wanken geraten. Dinge, die ich als selbstverständlich betrachtet hatte, erschienen mir jetzt entweder als ein besonderer Luxus oder aber als völlig überflüssig. Mit meiner Abreise aus Toronto waren Elektrizität und Wasserleitung ebenso aus meinem Leben verschwunden wie Theater, Bibliotheken, Telefon und tausend andere Dinge. Von den zahlreichen Errungenschaften der Zivilisation vermißte ich lediglich Bibliotheken, Theater und – mehr als alles andere – ein bequem zu erlangendes heißes Bad.

Andererseits brachte die Erfüllung von verhältnismäßig unkomplizierten, aber wichtigen Aufgaben eine große Befriedigung mit sich. Und ich hatte wieder gelernt, ganz einfache Dinge zu schätzen. Wenn ich eine Zeitung in die Finger bekam – meist schon eine Woche alt –, las ich sie ganz langsam von der ersten Seite bis zur letzten und warf sie danach nicht etwa weg, sondern bewahrte sie für andere Zwecke auf. Eine Fahrt in die nächstgelegene Ortschaft wurde jetzt zum Höhepunkt eines ganzen Monats – zu einem ungeduldig erwarteten Festtag, an dem ich mit Freunden, die ich nur selten sah, bei einem Glas Bier einen Schwatz halten konnte. Wenn ich mit meinem alten Chevrolet langsam über die ungeteerte Landstraße holperte, erfüllte mich manchmal solche Zufriedenheit, daß ich die ganze Welt hätte umarmen mögen.

Yukon hatte mein Leben verändert, indem er mir seine Anhänglichkeit und Kameradschaft schenkte und mir Kenntnisse vermittelte, die ich ohne ihn nicht hätte erwerben können. Jetzt lag ich bequem ausgestreckt auf dem Granitstein und betrachtete ihn. Er war mit seinem Knochen fertig, lag da, den Kopf auf die Vorderpfoten gelegt, und beobachtete mich. Als unsere Blicke sich begegneten, wedelte er mit dem Schwanz. Er war im Frieden mit sich und der Welt.

Aber mir wurde plötzlich klar, daß ich es nicht war. Obwohl mir mein Leben in der Wildnis gut gefiel, gab es eine Sorge, die mir immer mehr zu schaffen machte.

Es war der Gedanke an die Felle, der mich beunruhigte. Ich hatte mich gewissenhaft um die Fallenstrecke gekümmert, hatte täglich jede einzelne Falle überprüft und sofort die unglückseligen Geschöpfe entfernt, die in ihre eisernen Klauen geraten waren. Bald würde der Pelzverkauf beginnen. Während ich darüber nachdachte, wie viele Tiere ich für diesen Zweck getötet hatte, mußte ich mir eingestehen, daß das Fallenstellen die Ursache meiner Bedrücktheit war. Das verwirrte mich, denn ich betrachtete mich als einen nüchtern und klar kalkulierenden Menschen, dem jede Gefühlsduselei fremd war. Dennoch ließ sich nicht leugnen, daß es mir von Tag zu Tag schwerer fiel, die Fallen aufzustellen und die blutige Beute daraus zu entfernen.

Ich legte mir allerhand Argumente zurecht, um mein Gewissen zu beruhigen: Ich brauchte Geld, und zwar mehr, als ich allein mit Holzschlagen verdienen konnte. Neben der Waldarbeit schien Fallenstellen die einzige Möglichkeit zu sein, mir meinen Lebensunterhalt zu sichern. Und viele Pelzjäger fingen weitaus mehr Tiere als ich. Aber diese Überlegungen änderten nichts an meinen Schuldgefühlen. Mir wurde klar, daß ich aufhören mußte, Tiere nur ihres Pelzes wegen zu töten.

Am besten, ich zog gleich die Konsequenzen aus diesem Entschluß. Sobald ich meine Rast beendet hatte, ging ich mit Yukon los und fing an, die Fallen zu entfernen. Und statt sie nach Hause zu karren, um sie verkaufen zu können, warf ich sie in einen See. Allmählich fragte ich mich, ob ich wirklich ein so nüchtern denkender Mensch war, wie ich geglaubt hatte.

In den vergangenen Monaten war ich so beschäftigt gewesen, daß ich keine Zeit zum Schreiben gefunden hatte. Jetzt konnte ich jeden Tag einige Stunden der Arbeit an meiner Schreibmaschine widmen. Langfristig wollte ich mir mein Leben ohnehin so einrichten, daß ich einen Teil meines Geldes mit Schreiben verdiente. Aber zunächst nahm ich mir vor, ein Pferd zu kaufen, um künftig mehr Holz fällen und transportieren zu können. Außerdem wollte ich mir noch hundert Hühner und ein halbes Dutzend Ferkel zulegen. Wenn ich Eier und Schweinefleisch verkaufte, konnte ich auf das Fallenstellen verzichten.

Schon eine Woche später trafen die Ferkel und ein fünf Jahre alter Apfelschimmel bei mir ein. Nicht lange danach erhielt ich von der Papierfabrik einen Auftrag über weitere fünfundzwanzig Klafter Fichtenholz. Einen Monat lang war ich voll ausgelastet und dachte nicht mehr über die Sache mit den Fallen nach.

Dann hatte Yukon in der zweiten Juniwoche einen Kampf mit einem Bären. Es geschah gegen Abend, als es bereits zu dämmern begann.

Ich saß an meiner Schreibmaschine. Yukon lag an der Küchentür. Plötzlich sprang er auf, kratzte mit der Pfote an der Tür und sah mich an. Ich begriff, daß draußen etwas Ungewöhnliches vorging, auf das er mich aufmerksam machen wollte. Als ich ihn beim Halsband nahm und die Tür öffnete, zerrte er mich sofort hinüber zu den Schweinen. Ich hatte innerhalb der Umzäunung eine kleine Blockhütte für sie gebaut. Auf ihrem Dach stand ein großer Bär, der eifrig damit beschäftigt war, die Teerpappe abzureißen, um zu den Ferkeln zu gelangen.

Ohne einen Augenblick zu überlegen, ließ ich den wild knurrenden Hund frei. Der Bär hörte uns. Er richtete sich auf, dann drehte er sich hastig um und kletterte vom Dach, als der Hund gerade in großen Sprüngen bei der Hütte ankam. Yukon schlug einen Bogen und griff den Bären geradewegs an. Ich rannte ins Haus zurück, um das Gewehr zu holen. Als ich wieder herauskam, waren die zwei verschwunden, aber aus dem Unterholz am Rand der Lichtung drang lautes Rascheln und Krachen herüber.

Kein Hund kann es mit einem ausgewachsenen Bären aufnehmen. Selbst Wölfe gehen ihnen aus dem Weg, es sei denn, sie müssen ihre Jungen verteidigen. Einem ganzen Rudel gelingt es für gewöhnlich, einen Bären zu verjagen, wobei jedoch oft einige der Wölfe auf der Strecke bleiben. Der Bär kommt meistens ungeschoren davon.

Während ich in Richtung der rasch schwächer werdenden Geräusche rannte, wußte ich, daß Yukon den Räuber verfolgen würde, bis sich dieser entweder auf einen Baum rettete oder zum Kampf stellte. Wenn der Bär tiefer in den Wald hinein flüchtete, hatte ich wenig Aussicht, die Tiere zu finden. Ich war zu besorgt um Yukon, um mir zu überlegen, in welche Gefahr ich selbst geraten könnte. Bei Tageslicht kann es gelingen, mit einem Lee-Enfield einen Bären zu töten, wenn der Schütze mit dem Gewehr umzugehen weiß. In einem nahezu dunklen Wald kann der Schütze sein Ziel nicht anvisieren. Er ist fast völlig auf sein Gespür angewiesen. Ein Schuß, der den Bären verwundet, kann ihn dazu treiben, sich rasend vor Schmerzen auf seinen Angreifer zu stürzen. Aber an diese Gefahren verschwendete ich keine Gedanken, während ich durch den düsteren Wald stolperte und immer wieder nach Yukon rief.

Als es zu dunkel war, um ohne Taschenlampe noch etwas erkennen zu können, kehrte ich nach Hause zurück und überlegte, was jetzt zu tun sei. Auf keinen Fall hatte ich die Absicht, die Suche aufzugeben.

Ich tauschte das Gewehr gegen meine Schrotflinte ein, lud sie mit grobem Schrot und befestigte eine Taschenlampe auf dem Lauf. Dann nahm ich Rocky an die Leine und machte mich wieder auf den Weg. Ich hoffte, daß es dem Eskimohund gelingen würde, Yukons Fährte aufzunehmen. Unermüdlich spornte ich ihn an, und er führte mich immer tiefer in die Wildnis hinein.

Es war eine erbarmungslose Strecke, über die ich in jener Nacht gezerrt wurde. Äste und Gestrüpp zerkratzten mir Gesicht und Hände. Meine Kleidung wurde zerrissen, und ein Fichtenzweig hätte mir fast ein Auge ausgestochen. Aber erst später bemerkte ich die Schnitte und Kratzer. Meine ganze Aufmerksamkeit galt allein dem Ziel, Yukon wiederzufinden. Während der ersten Stunden pfiff und rief ich fast unaufhörlich; dann wollten meine Lippen mir nicht mehr gehorchen. Ich schoß die Flinte ab in der Hoffnung, daß der wohlbekannte Knall Yukon zurückbringen würde. Schließlich konnte ich mich vor Erschöpfung kaum noch auf den Beinen halten. Und dann wurde es Tag.

Entgegen meinem Willen mußte ich nach Hause zurückkehren. In meiner Hast und Angst hatte ich vergessen, die anderen Hunde zu füttern. Mir selbst raubte die Sorge um Yukon den Appetit, aber die Tiere waren sicher völlig ausgehungert. Außerdem brauchte ich eine Ruhepause. Aber als ich umkehren wollte, widersetzte sich Rocky dem Zug der Leine und ging in der gleichen Richtung weiter. Ich hatte wenig Hoffnung, beschloß jedoch, ihn noch eine halbe Stunde suchen zu lassen.

Ein paar Minuten später fand Rocky die Stelle, wo Yukon und der Bär gekämpft hatten. Auf einer kleinen Lichtung war das Gras ringsum niedergetrampelt. Büschel von zottigem, schwarzem Bärenfell lagen auf dem Boden verstreut. Und ich sah Blutspuren; an manchen Stellen nur ein paar Tropfen, an anderen große schmierige Flecken, als ob ein verwundeter Körper sich auf dem Boden gewälzt hätte. Ich suchte auf Händen und Knien nach weiteren Spuren und erkannte, daß der Kampf abgebrochen worden war. Der Bär war, von Yukon verfolgt, geflüchtet. Von welchem der beiden Tiere stammte das Blut? Ich setzte Rocky abermals auf die Fährte. Die Spur führte zu einem kleinen See und verlor sich. Anscheinend war der Bär ins Wasser geflohen, und Yukon war ihm gefolgt. Wo war er jetzt?

Rocky und ich suchten drei Tage lang. Am Abend des dritten Tages gab ich auf. Entweder war Yukon getötet worden, oder er war so weit in die Wildnis gelaufen, daß er nicht mehr zurückkehren würde. Yukon war fort.

Bereits mit vierzehn, als der Spanische Bürgerkrieg meinen unbeschwerten Jugendjahren ein jähes Ende setzte, war ich gezwungen gewesen, mich mit dem Verlust von Verwandten und Freunden abzufinden. Während des Zweiten Weltkriegs lernte ich dann endgültig, gegen Schmerz und Trauer abzustumpfen, damit ich all das Elend um mich ertragen konnte. Mehr und mehr wurde ich zu einem Menschen, der gegen alle Gefühlsregungen gewappnet war. Nie wieder sollte mir jemand so nahekommen, daß sein Verlust mir etwas anhaben konnte. Freundschaften wurden in der Gegenwart genossen, Liebesaffären waren ein interessantes Erlebnis des Augenblicks, das rasch vergessen war, wenn es endete. In gewisser Weise war ich unfähig geworden, echte Zuneigung zu einem anderen Menschen zu empfinden; aber das störte mich nicht. Tatsächlich war es mir lieber so. In letzter Zeit hatte jedoch ein kaum merklicher Wandel in meinen Gefühlen mich gelegentlich beunruhigt.

Während ich im Wohnzimmer saß und an Yukon dachte, wurde mir bewußt, daß eine Veränderung mit mir vorgegangen war. Zum ersten Mal in meinem Leben als Erwachsener hegte ich ein echtes, tiefes Gefühl – für einen Hund! Ich verwarf den Gedanken sofort. Das war Unsinn. Ich war einfach müde von der Suche. Morgen würde ich anders darüber denken. Ich holte mir die Whiskyflasche. Es war noch ungefähr ein Drittel übrig. Ich trank. Zwei Stunden später war die Flasche leer, und ich war zornig, schrecklich zornig. Am liebsten hätte ich alles in Stücke geschlagen. Ich ging umher und trat nach allem, was mir in den Weg kam. Ich wußte, daß ich betrunken war; und doch war ich stocknüchtern. Ich hörte die Hunde jaulen und stürmte hinaus, um sie anzubrüllen, damit sie mir nicht auf die Nerven fielen. Das hatte ich noch nie getan. Die

Hunde verkrochen sich in den hinteren Teil der Scheune. Ins Haus zurückgekehrt, wankte ich die Treppe hinauf und warf mich aufs Bett. Ohne richtig zu wissen, warum, fing ich an zu weinen, bis ich schließlich in einen unruhigen Schlaf fiel.

Als ich am nächsten Morgen mit einem wohlverdienten Brummschädel aufwachte, wurde mir klar, daß ich der Wirklichkeit nicht zu entrinnen vermochte. Yukon war fort, aber ich konnte den Schmerz über sein Verschwinden nicht einfach beiseite schieben. Also fing ich an, meinen Kummer zu akzeptieren. Ich brachte den Hunden ihr Frühstück. Sie begrüßten mich überschwenglich, aber obgleich ich jeden von ihnen streichelte, war ich zu niedergeschlagen, um bei ihnen zu bleiben und mit ihnen zu spielen.

Bemüht, mich von meinen Problemen abzulenken, machte ich eine Einkaufsliste und setzte mich in meinen Chevrolet, um ins Dorf zu fahren. Unterwegs besann ich mich anders und besuchte Old Alec, einen achtzigjährigen Schweden, den ich kurz nach meiner Ankunft in der Wildnis kennengelernt hatte. Während wir zusammen in seinem sauberen kleinen Blockhaus saßen, Schach spielten und Aquavit tranken, erzählte ich ihm von Yukon. Am Ende faßte er meine Situation in wenigen Worten zusammen.

»Sie sind einfach verliebt, Ron. Nicht nur in Ihren Hund, sondern ins Leben. Du meine Güte! Sie haben wahrhaftig lange gebraucht, um liebenzulernen! Ein Glück für Sie, daß Sie jetzt mehr als nur sich selbst lieben können. Das ist gut! Seien Sie froh darüber.« Er schenkte mir noch einen Aquavit ein, füllte sein eigenes Glas und forderte mich zu einer weiteren Partie Schach auf.

Als ich bei Einbruch der Dunkelheit nach Hause kam, wußte ich, daß in letzter Zeit tatsächlich eine Veränderung mit mir vorgegangen war. Meine innere Erstarrung hatte sich gelöst, und zum ersten Mal seit vielen Jahren hatte ich ein anderes Wesen in mein Herz geschlossen. Ich wußte, daß ich Yukon nie vergessen konnte, aber ich hoffte, daß es nicht allzu lange dauern würde, bis der Schmerz über sein Verschwinden erträglich wurde.

Als die anderen Hunde an diesem Abend ihre Mahlzeit beendet hatten, nahm ich sie mit ins Haus, denn mir war bewußt, daß ich sie in den zurückliegenden Tagen sehr vernachlässigt hatte. Während ich mit ihnen spielte, erkannte ich, daß ich sie alle mehr liebte, als ich vor Yukons Verschwinden je zugegeben hätte. Und Yukon hatte mir noch viel mehr bedeutet als sie.

Nachdem ich die Hunde wieder in die Scheune gebracht hatte, holte ich mir John Steinbecks Roman ›Wonniger Donnerstag‹ aus dem Regal. Ich kannte das Buch schon fast auswendig, wurde es aber nie leid, immer wieder darin zu lesen. Als etwas am Wohnzimmerfenster kratzte, war ich so vertieft in meine Lektüre, daß es eine Weile dauerte, ehe das Geräusch in mein Bewußtsein drang. Aber als ich schließlich aufblickte und sah, was sich dort draußen befand, überkam mich ein Glücksgefühl, das stärker war als alles, was ich je zuvor empfunden hatte.

Die Vorderpfoten auf den Fenstersims gestützt, blickte Yukon zu mir herein. Ich sprang auf und lief zur Tür, aber meine Freude wich tiefer Besorgnis, als ich ihn aus der Nähe sah. Sein ganzer Kopf war mit geronnenem Blut bedeckt, und eine seiner Lefzen hing tief herab. Erschreckt stellte ich fest, daß sein Fang bis hinter den Kieferknochen aufgeschlitzt war.

Winselnd vor Freude preßte sich Yukon an mich. Ich wollte seine Wunden untersuchen, konnte aber nicht umhin, ihn zu umarmen, und er veranstaltete ein Mordsspektakel, um mir seine Zuneigung zu beweisen. Sein Fell war schmutzig und verfilzt. Er war mager, aber er war wieder da! Alles andere war unwichtig.

Was sich tatsächlich zwischen Yukon und dem Bären abgespielt hat, wird ein Geheimnis bleiben. Ich konnte nur Vermutungen anstellen, wie die schreckliche Wunde an seinem Fang zustande gekommen war. Der Riß war so tief, daß die Wunde auseinanderklaffte und sämtliche Backenzähne entblößt lagen. Die Verletzung konnte nicht von einem Biß stammen; möglicherweise hatte der Bär mit einem gewaltigen Tatzenhieb Yukon derart zugerichtet.

Der nächste Tierarzt wohnte über hundert Kilometer weit weg, aber ich hätte, wenn nötig, einen zehnmal so weiten Weg zurückgelegt. Ich wußte, daß es zu spät war, um die Ränder der Wunde zusammenzunähen. Yukon mußte betäubt werden, und man mußte das abgestorbene Gewebe wegschneiden, bis man auf gesundes Fleisch stieß, das dann zusammengezogen und vernäht werden konnte.

Der Tierarzt bestätigte meine Ansicht, setzte jedoch hinzu, daß dieses Verfahren Yukons Maul verzerren und ihm mehr Unbehagen verursachen würde, als wenn man die Wunde von selbst heilen ließ. Sein Fang werde zwar immer ein wenig schief wirken, aber das sei besser, als durch einen Eingriff zu riskieren, daß Yukon künftig Schmerzen beim Fressen hat.

5. Kapitel

Sie wußte, daß ich sie töten würde. Ihre Augen sagten es in jenen wenigen Sekunden, während denen ich direkt auf ihre Stirn zielte. Dann kam der scharfe Knall, und Susie war tot. Ich hielt die Augen geschlossen, als ich das Gewehr sinken ließ, aber ich mußte sie öffnen, um mich zu vergewissern, daß sie von ihren Qualen erlöst war – von entsetzlichen Qualen. Susie war in die eisernen Klauen einer Bärenfalle geraten.

Als ich hinsah, waren ihre anklagenden Augen geschlossen. Die gewaltige Falle, von einem Unbekannten aufgestellt, lag ein paar Meter von ihrem verstümmelten Körper entfernt. Auf dem Gras davor war eine Pfütze von geronnenem

Blut. Ich hatte Susie erst nach vielen Stunden aus der Falle befreien können.

Die Septembersonne war noch nicht über den Bäumen aufgetaucht, als ich mich von dem Hund abwandte und mich auf den Weg zurück zum Gehöft machte. Mein Zuhause lag etwa anderthalb Kilometer südlich von der verlassenen Farm, wo die Bärenfalle aufgestellt worden war. Aber selbst über diese Entfernung hinweg konnte ich noch das Heulen der anderen Hunde in der Scheune hören.

Es war dieses Geheul gewesen, das mich an diesem Tag kurz vor dem Morgengrauen geweckt hatte; anhaltende Klagelaute, die mich veranlaßten, aus dem Bett zu springen, mich hastig anzuziehen und hinauszugehen. Während ich auf die Scheune zuging, hörte ich von fern das gepeinigte Jaulen. Es war nur schwach vernehmbar und wurde fast von den anderen Hunden übertönt, aber ich wußte sofort, daß Susie etwas zugestoßen sein mußte.

Sie hatte vor vier Wochen Junge bekommen – Yukons Nachkommen. In ihrem Wunsch, ungestört zu sein, war Susie von außen unter den Scheunenboden gekrochen und hatte dort unten einen geschützten Bau gefunden, in dem sie ihre Kleinen säugen konnte. Aus diesem Grund ließ ich sie frei laufen, aber sie zeigte kein Verlangen, den Hof zu verlassen. Ich wußte nicht, wieviel Welpen sie geworfen hatte; um zu ihnen zu gelangen, hätte ich den Holzboden durchsägen müssen. Aber ich hörte oft das Fiepen der Kleinen, während ich auf dem Boden der Scheune hockte und belustigt Yukon beobachtete, der genau über seiner Nachkommenschaft Wache hielt. Der große Hund war kaum von seinem Posten auf dem Bretterboden wegzubekommen. Endlos konnte er dort sitzen und lauschen, und er spitzte bei jedem Geräusch, das die Jungen von sich gaben, aufmerksam die Ohren. Hin und wieder winselte er leise, als ob er mit ihnen spräche.

Etwa eine Woche nach der Geburt der Welpen versuchte Yukon, in den Bau zu kriechen. Aber Susie, seine einst so liebevolle Gefährtin, knurrte derart wütend, daß der neugierige Erzeuger sich zurückzog. Dennoch war er, wie alle Wölfe, ein guter und besorgter Vater. Yukon fraß jetzt sogar nicht einmal mehr die Knochen, die ich ihm gab, sondern brachte sie zum Eingang des Baus und ließ sie dort für Susie liegen – ein Opfer, das ich rührend fand. Und Susie holte sich jeden Tag Yukons Spende.

Soweit ich es beurteilen konnte, wurde sie irgendwann im Juni trächtig, bald nach Yukons Genesung von seiner Verletzung am Fang. Ich wurde mir zum erstenmal ihres Zustands bewußt, als ich bemerkte, daß Yukon plötzlich überaus eifersüchtig auf die anderen Rüden war und sie verscheuchte, sobald sie sich Susie zu nähern versuchten. Eines Tages sah ich, daß Susies Bauch rundlicher geworden war. Ich rief sie zu mir, um ihren Leib zu befühlen, und Yukon kam ebenfalls, stieß mit der Nase energisch meine

Hand fort und bedeutete mir, die Finger von ihr zu lassen. Ich respektierte seinen Wunsch. Mitte Juli dann, als Susies Trächtigkeit schon deutlich sichtbar war, wurde das Gehöft vom Unglück heimgesucht.

Den ganzen Tag über war es drückend heiß gewesen. Trotz einer dichten Wolkendecke blieb es unangenehm schwül, und kein Lüftchen regte sich. Am frühen Morgen hatte ich das Pferd vor den Pritschenwagen gespannt und war zu einem Holzplatz im Wald gefahren, um Zaunpfähle aus Zedernholz zu sägen. Obwohl ich das Fell des Apfelschimmels mit einem Insektenspray besprüht hatte, setzten ihm die Fliegen und Mükken arg zu. Das Pferd stampfte, schüttelte den Kopf und schlug unaufhörlich mit dem Schwanz. Mir erging es kaum besser als ihm. Die Mischung aus Schweineschmalz und Karbolineum, mit der ich mich eingerieben hatte, verursachte mir selbst ein fast ebenso großes Unbehagen wie den Plagegeistern, gegen die die Mixtur gerichtet war.

Bis gegen Mittag hatte ich restlos genug von der Schinderei. Ich lud die zurechtgesägten Pfähle auf, und wir kehrten nach Hause zurück. Später, nachdem ich mich gewaschen hatte, führte ich das Pferd zum Tränketrog. Wir waren gerade auf dem Rückweg zum Stall, als einer meiner Nachbarn mit seinem Pferdegespann vorfuhr. Er war gekommen, um sich nach einer Kuh zu erkundigen, die ihm entlaufen war. Da mein Pferd angesichts des fremden Gespanns unruhig wurde, band ich es an einen Baum, während ich mit dem Nachbarn sprach. Ein paar Minuten später fuhr der Mann fort, und ich lief eilig ins Haus, um das Eintopfgericht, das ich zuvor auf den Herd gestellt hatte, nicht anbrennen zu lassen.

Nachdem ich es vom Feuer genommen hatte, gönnte ich mir noch eine kleine Verschnaufpause, in der ich in Ruhe meine Pfeife stopfen und anzünden konnte. Um meinen Apfelschimmel machte ich mir weiter keine Sorgen – was sollte ihm hier in der Nähe des Hauses schon geschehen?

In diesem Augenblick hörte ich ein Geräusch, das wie das Rattern eines Eilzuges klang. Neugierig trat ich ans Fenster.

Ein rötlichschwarzer Vorhang bedeckte den westlichen Himmel. Die Bäume neigten sich mir entgegen, als ob eine gewaltige, unsichtbare Kraft versuchte, sie zu Boden zu drücken. Zuerst konnte ich mir nicht erklären, was dort draußen vor sich ging; aber als ich sah, wie große Baumwipfel abgerissen und buchstäblich in die Höhe geschleudert wurden, während gleichzeitig das Getöse anschwoll, wußte ich, daß es ein Tornado sein mußte. Und das Toben des Wirbelsturms wurde immer heftiger! Wie gebannt beobachtete ich das furchterregende Schauspiel, ehe ich mich an das Pferd erinnerte.

Ich stürzte hinaus – mitten hinein in die Raserei der entfesselten Elemente. Es war, als ob eine riesige Pranke nach mir gegriffen hätte. Kaum hatte ich ein paar Schritte zurückgelegt, wurde ich urplötzlich hochgerissen und gegen den Brunnen geschleudert. Als ich aufstehen wollte, fühlte ich einen stechenden Schmerz in der Seite. Ich mußte eine Rippe gebrochen haben.

Mit all meiner Kraft klammerte ich mich an den Brunnen und machte mich so klein wie möglich, um nicht erneut von dem Wüten des Tornados erfaßt zu werden. Welch ein Inferno! Äste und Zweige wurden durch die Luft gewirbelt, und ringsum herrschte ohrenbetäubendes Getöse. Der brüllende Wirbelsturm entriß den Bäumen wahnwitzige Akkorde, die sich mit dem Krachen und Splittern der Äste zu einem wahren Höllenlärm vereinten. Zum Glück bewahrte mich das Haus davor, von umherwirbelnden Gegenständen verletzt zu werden.

Unmittelbar nach dem Wirbelsturm kam der Regen: warme, schwere Tropfen, die auf den Boden schlugen und klatschend auf das Dach fielen. Mit einem Mal wurde es so finster, als wollte jetzt schon die Nacht hereinbrechen. Zwar hatte der Wind sich inzwischen gelegt, aber noch immer übertönte das ferne Brüllen des davonziehenden Tornados alle anderen Geräusche.

Ich versuchte aufzustehen, sank aber sogleich mit einem Schmerzensschrei zurück. Als ich vorsichtig meine rechte Seite betastete, merkte ich, daß beim Aufprall auf den Brunnenrand mindestens drei Rippen einen Schlag abgekriegt hatten. Ich preßte den rechten Arm fest an meinen Körper und rappelte mich langsam hoch. Meine

Seite tat höllisch weh, aber der Schmerz war erträglich, wenn ich ganz vorsichtig atmete. Demnach waren die Rippen wahrscheinlich nur schwer geprellt, nicht gebrochen. Plötzlich war es auf dem Gehöft völlig still geworden. Es erstaunte mich, daß ein so heftiger Sturm so schnell kommen und abziehen konnte; er hatte kaum länger als zehn Minuten gewütet. Doch diese zehn Minuten hatten meinem Pferd das Leben gekostet.

Der Apfelschimmel hatte sich, rasend vor Angst, immer wieder um den Baum gedreht, an dem er festgebunden war. Schließlich hatte ihn das Seil erwürgt. Mir bot sich ein schauriger Anblick. Die Augen des unglücklichen Geschöpfes waren weit aus ihren Höhlen getreten, und sein Maul grinste gespenstisch. Zutiefst geschockt stand ich da und starrte auf das schreckliche Bild, bis mir übel wurde; dann zog ich das Messer aus meinem Gürtel, um das Seil zu durchtrennen. Die Schlinge war so straff zusammengezogen, daß ich sie mühselig durchsäbeln mußte.

Ich handelte wie in Trance und konnte keinen klaren Gedanken mehr fassen. Das Bellen der Hunde, die noch in der Scheune waren, brachte mich schließlich zur Besinnung. Ich ging zu ihnen und streichelte sie, wobei jede Bewegung mir einen schmerzhaften Stich in der Seite verursachte. Als sie sich beruhigt hatten, kehrte ich ins Haus zurück und klebte mir vor dem Spiegel einen Heftpflasterverband um die Rippen. Das linderte sofort die Schmerzen. Nachdem ich mich wieder angezogen hatte, ging ich zu meinem Nachbarn, dessen Hof etwa eineinhalb Kilometer entfernt lag. Der Sturm hatte bei ihm nicht viel Schaden angerichtet, und er war bereits dabei, wieder Ordnung zu schaffen. Ich bat ihn, mir seine Pferde und eine längere Kette zu leihen, damit ich den Schimmel in den Wald schleppen konnte. Mit dieser traurigen Arbeit ging der Tag zu Ende. Nachdem ich das Gespann zurückgebracht hatte, machte ich mich in der Dunkelheit erschöpft und niedergeschlagen auf den Heimweg.

Der verheerende Tornado kennzeichnete den Beginn einer schlimmen Zeit, einer Zeit der Mißerfolge, Geldsorgen und Seelenqualen, in der ich immer wieder versucht war, alles stehen- und liegenzulassen, um in eine bewohntere Gegend zu fliehen. Kaum waren meine Rippen geheilt, da brach erneut ein Unglück herein. Diesmal traf es die jungen Hühner, die bis dahin scheinbar gut gediehen und bereits von ansehnlicher Größe waren. Als ich eines Morgens in den Stall kam, um sie zu füttern, waren dreiundzwanzig von ihnen tot, und viele von den anderen hockten apathisch am Boden. Später erfuhr ich, daß Geflügelcholera die Ursache war, aber bis dahin waren schon hundert Hühner der tückischen Seuche erlegen.

Nicht lange nach diesem zweiten Schlag gebar Susie ihre Jungen, und ich mußte die Hündin frei herumlaufen lassen. Wäre meine finanzielle

Lage nicht so trostlos gewesen, hätte ich mir vielleicht die Zeit genommen, die Kleinen unter der Scheune hervorzuholen und sie und ihre Mutter an einem geeigneteren Platz unterzubringen. Aber so, wie die Dinge lagen, war ich durch den Verlust des Pferdes und der Hühner dazu gezwungen, ununterbrochen zu schuften, um mich finanziell notdürftig über Wasser zu halten. Und während dieser Zeit geriet Susie in die Bärenfalle.

Ich habe keine Ahnung, weshalb sie sich von ihren Jungen entfernte, und ich habe nie herausbekommen, wer die Bärenfalle aufgestellt hatte. Nachdem ich Susie begraben hatte, holte ich die Falle und warf sie in den See. Nach dem Zustand des mörderischen Eisens zu urteilen, hatte es schon mindestens ein Jahr lang dort gestanden. Irgendein verantwortungsloser Dummkopf hatte es aufgestellt und danach vergessen oder war zu faul gewesen, es wieder wegzuschaffen.

Am Nachmittag dieses Tages durchsägte ich den Scheunenboden und holte die Jungen heraus. Es waren drei, aber das kleinste von ihnen war tot. Vielleicht hatte sich Susie deshalb auch vom Bau entfernt. Die beiden anderen Welpen waren in guter Verfassung und sahen genauso aus wie ihr Vater. Nichts erinnerte an ihre Colliemutter. Sie waren dunkelgraue, rundliche, flaumige Wolfswelpen mit keck aufgerichteten Ohren und großen, breiten Pfoten.

Ich versuchte, sie mit Büchsenmilch und einem feinen Hackfleischgemisch aufzuziehen, aber sie starben bald darauf kurz nacheinander. Heute, nachdem ich zahllose verwaiste Jungtiere großgezogen habe, weiß ich, was ich falsch gemacht hatte. Die Nahrung war zu fett gewesen und hatte zu Durchfall geführt.

In den folgenden Wochen erschien mir mein Leben grau und trostlos. Vergeblich versuchte ich mich durch anhaltende schwere Arbeit von meiner düsteren Stimmung zu befreien. Die Hunde bekamen ihr Futter, aber im übrigen kümmerte ich mich nicht um sie. Sie konnten mein verändertes Verhalten nicht begreifen und suchten meine Nähe. Schließlich war es Yukon, der mich erkennen ließ, wie töricht und unfair ich mich verhielt.

Es war etwa einen Monat nach dem Tod der Jungen. Eine dichte Schneedecke lag über dem Land, und die Nächte wurden allmählich bitter kalt. Ich kehrte eines Abends spät nach Hause zurück, und es war bereits neun Uhr, als ich das Fressen für die Hunde zubereitete. Auf dem Weg zur Scheune blieb ich einen Augenblick stehen, um den Himmel zu betrachten. Der Mond schien, und unzählige Sterne glitzerten am Firmament. Ich war mir der Schönheit des Anblicks bewußt, fand aber keine Freude daran.

Als ich den Hunden die Schüsseln hinstellte, wollte Yukon nicht fressen. Es war das erste Mal seit seiner Ankunft auf dem Gehöft, daß er die Nahrung verweigerte. Nachdem Rocky seinen Napf geleert hatte, näherte er sich verstohlen Yukons Schüssel und begann zu fressen. Der große Hund nahm keine Notiz davon. Ich jagte Rocky fort und hielt Yukon das Fressen unter die Nase. Er würdigte es mit keinem Blick. Statt dessen winselte er laut, stellte sich auf die Hinterbeine und leckte mir die Wange. Ich war so gerührt, daß mein Selbstmitleid augenblicklich verflog. Erleichtert kraulte ich Yukons Fell. Rocky und Sooner kamen ebenfalls herbeigestürmt. Die drei Hunde umringten mich wie in früheren Zeiten und drängten sich mit unverhohlener Freude an mich.

Ich führte sie nach draußen, wir liefen über die verschneite, mondbeschienene Lichtung und tollten ausgelassen umher. Der Gedanke, die empfindsamen Tiere so lange vernachlässigt zu haben, bedrückte mich. Sicher hatte Yukon nach Susies Tod seine Gefährtin schmerzlich vermißt. Um so grausamer war es gewesen, daß ich mich gerade in dieser Zeit von ihm zurückgezogen hatte. Die Gefühle der Wölfe mögen anders sein als die der Menschen, aber sie sind fähig, zu lieben und Kummer zu fühlen. Ein Glück nur, daß Yukon mich endlich aus meiner Lethargie gerissen hatte.

Am nächsten Tag spannte ich die drei Hunde vor den Schlitten, und wir unternahmen eine flotte, ausgedehnte Fahrt, von der wir erst bei Einbruch der Dunkelheit zurückkehrten. Sie tat uns allen gut. Die Hunde, nicht mehr an körperliche Anstrengung gewöhnt, waren müde, als wir nach Hause kamen, aber sie hatten es sichtlich genossen, wieder Auslauf zu haben. Heißhungrig verschlangen sie die besonders große Mahlzeit, die ich ihnen gab. Während ich später mein eigenes Abendbrot verzehrte, lag Yukon friedlich dösend unter dem Tisch. Er schlief in dieser Nacht neben meinem Bett.

6. Kapitel

Vor dem tiefen Blau des Himmels zogen einzelne weiße Wolken wie eine Flotte stolzer Segelschiffe langsam nach Nordosten. Die Prärie lag im goldenen Schein der Sonne und erstreckte sich in sanften Wellenlinien bis zum Horizont. Es war ein warmer Maitag, und Yukon und ich befanden uns in der Provinz Saskatchewan. Am Tag zuvor hatten wir frühmorgens das Gehöft verlassen. Nach einem harten Winter war ich gezwungen gewesen, meine Zelte dort abzubrechen, weil ich nicht bereit war, mir durch Pelztierjagd meinen Lebensunterhalt zu verdienen.

Jetzt stand ich an den Wagen gelehnt und betrachtete die herrliche Umgebung. Hummeln erfüllten die Luft mit ihrem geschäftigen Summen und lenkten meinen Blick auf die bläulichvioletten Luzernenblüten. Ganz in der Nähe erklang der Gesang eines Wiesenstärlings. Ich entdeckte den Vogel auf einem Zichorienstengel, aber als ich den Feldstecher hob, bemerkte ich eine Bewegung am Himmel und sah hinauf. In einiger Entfernung nach Süden zu schwebte ein Falke von einer Art, die mir unbekannt war.

Neugierig geworden, verfolgte ich seinen Flug, und diesen Augenblick nutzte Yukon, um auf Entdeckungsreise zu gehen. Ein Loch am unteren Ende des hohen Maschendrahtzaunes, der parallel zur Straße lief, begünstigte seinen Tatendrang. Der Hund kroch rasch hindurch, schoß davon und war kurz danach schon hinter einer kleinen Anhöhe verschwunden. Ich rief ihn, und als er nicht reagierte, pfiff ich. Schließlich beschloß ich, ihm nachzugehen, denn ich nahm an, daß er in einen Privatbesitz eingedrungen war.

Der Zaun war sehr stabil und hoch, anders als alle Viehzäune, die ich bisher gesehen hatte. Auf unserer Fahrt von Moose Jaw nach Süden waren wir an einem Militärflugplatz vorbeigekommen. Jetzt fragte ich mich, ob dieser Teil der Prärie ebenfalls zu einem militärischen Sperrbezirk gehörte. Dann empfahl es sich, auf der Straße zu bleiben. Andererseits mußte ich aber Yukon möglichst schnell zurückholen. Kurz entschlossen kletterte ich über das Drahtgeflecht und machte mich auf die Suche nach Yukon. Als ich etwa fünfzig Meter vom Zaun entfernt war, erschien er plötzlich auf dem kleinen Hügel. Er jagte in äußerstem Tempo dahin, weit schneller, als er fortgelaufen war. Gleich darauf wurde mir der Grund für seine Eile erschreckend deutlich.

Sieben Bisonkühe, so riesenhaft und bedrohlich wie kaum eine andere Tierart, stürmten über die Anhöhe hinweg hinter Yukon her. Als der flüchtende Wolfshund mich erblickte, änderte er die Richtung und steuerte geradewegs auf mich zu. Seine wutentbrannten Verfolger wechselten ebenfalls den Kurs. Außerhalb eines Zoos hatte ich bis dahin noch nie Bisons gesehen, und jetzt wäre mir weitaus wohler zumute gewesen, wenn sich daran nie etwas geändert hätte.

Yukon raste an mir vorbei und entkam durch das Loch im Zaun, das ihm als Durchschlupf genügte, für mich aber viel zu klein war. Jetzt konnten sich die zornigen Bisons ganz auf mich konzentrieren. Noch nie war mir ein Zaun so unerreichbar erschienen. Während ich dicht hinter mir die donnernden Hufe der Bisonkühe hörte, lief ich buchstäblich um mein Leben. Zu allem Überfluß ließ ich mich auch noch dazu hinreißen, wertvolle Sekunden zu vergeuden, indem ich mich kurz nach meinen Verfolgern umsah. Aber vielleicht war eben jener kurze Blick über die Schulter meine Rettung. Als ich die wuchtig stampfenden Ungetüme mit ihren mächtigen Schädeln und kurzen, gekrümmten Hörnern keine zehn Meter von mir entfernt sah, gelang es mir, meine Geschwindigkeit noch erheblich zu steigern. Yukon lief außerhalb des Zaunes auf und ab und bellte aus Leibeskräften. Jetzt, da er sich in Sicherheit wußte, führte er sich so schneidig auf, als hätte er die Bisons keinen Moment lang gefürchtet. Jedenfalls war es ihm prächtig gelungen, die Angreifer an mich weiterzureichen – vielleicht wollte er mir dafür nun zu Hilfe kommen. Die Angst verlieh mir Flügel. Ich erreichte gerade noch rechtzeitig den Zaun, griff hastig nach dem Drahtgeflecht und zog mich hinauf.

Ich sah mich erst wieder um, als ich hinter meinem Auto in Deckung gegangen war.

Die großen Kühe standen ziemlich ratlos am Zaun; sie schnaubten ein wenig, wirkten jedoch abgesehen davon nicht bedrohlicher als eine Herde zahmer Hereford-Rinder. Yukon kam gelassen zum Wagen, als hätte ihn dic ganze Angelegenheit nicht im geringsten berührt. Aber er konnte mir nichts vormachen! Die Bisonkühe hatten ihn ganz schön auf Trab gebracht, so peinlich ihm das jetzt auch sein mochte. Es war das erste und letzte Mal, daß ich ihn vor etwas davonlaufen sah, aber es bestand kein Zweifel: Er hatte die Flucht ergriffen!

Nach den unglücklichen Ereignissen auf dem Gehöft, von denen ich bereits berichtet habe, hatten weitere Rückschläge während des Herbstes und Winters mich dazu gezwungen, den Wäldern Ontarios den Rücken zu kehren. Nicht lange nach der Tragödie mit Susie ließ ich meine Schweine nach Winnipeg transportieren, um sie dort auf dem Schweinemarkt zu Bargeld zu machen. Als die Tiere jedoch in Winnipeg eintrafen, waren die Preise für Schweinefleisch eben auf einen Tiefpunkt gesunken. Und kurz nachdem ich der Papierfabrik das Holz geliefert hatte, erfuhr ich, daß das Werk seine Produktion einschränkte und keine weiteren Aufträge an einzelne Zulieferer vergab. Ich versuchte, Käufer für Zaunpfähle aus Zedernholz zu finden, aber es gelang mir nicht. Schließlich besaß ich noch knapp sechshundert Dollar. Damit konnte ich höchstens bis zum Sommer durchhalten. Mir war klar, daß ich das Gehöft verlassen mußte.

Eines Tages im März entdeckte ich in einer soeben vom Dorf mitgebrachten Zeitung ein Stellenangebot. Das Tageblatt einer kleinen Stadt in British Columbia suchte einen Lokalredakteur. Dieses Angebot kam mir mehr als gelegen. Am selben Tag noch setzte ich ein Bewerbungsschreiben auf und erhielt bald eine Antwort: Mitte Juni sollte ich mit der Arbeit beginnen.

Meine Hunde konnte ich natürlich nicht mitnehmen.

Auf der Suche nach einem guten Heim für sie ging ich zu Old Alec, und er erzählte mir von einem Bekannten, einem ausgesprochenen Tierfreund, der einen Hundezwinger unterhielt. Ich suchte diesen Mann auf und überzeugte mich davon, daß Rocky und Sooner bei ihm in besten Händen waren. Yukon brachte ich jedoch nicht dorthin; nichts hätte mich damals bewegen können, mich von dem Wolfshund zu trennen.

Yukon und ich waren danach allein auf dem Gehöft. Da es fast nichts mehr zu tun gab, verbrachten wir die Zeit damit, die Wälder zu durchstreifen und hin und wieder Wild für unsere Nahrung aufzustöbern. Trotz meiner Sorgen um die Zukunft war dies ein idyllisches Leben, das ich nur ungern aufgab, als der April sich seinem Ende näherte.

Ich putzte das Haus, verkaufte ein paar Sachen und lud dann Werkzeuge und meine persönlichen Habseligkeiten in den Wagen. Schließlich hievte ich mein Kanu auf den Dachgepäckträger und schnürte es fest. Schweren Herzens machte ich mich auf die Reise, aber bald schon zog mich das Abenteuer, einem neuen Ziel entgegenzufahren, in seinen Bann; Yukon saß kerzengerade neben mir auf dem Beifahrersitz. Wir mußten vier kanadische Provinzen durchqueren, um zu unserem Bestimmungsort zu gelangen.

Der Zwischenfall mit den Bisonkühen ereignete sich am zweiten Tag unserer Fahrt. Wir hatten in der Provinz Saskatchewan eine kurze Mittagspause eingelegt. Ich wußte nicht, daß es hier Bisons gab, und erfuhr erst später, daß die Tiere in einem Naturschutzgebiet lebten. Hätte sich Yukon nicht auf seine Entdeckungsreise begeben, wäre ich vermutlich ahnungslos an ihnen vorbeigefahren.

Die Bisonkühe bekamen es bald satt, weiter am Zaun herumzustehen; eine nach der anderen wandte sich ab und verschwand hinter der Anhöhe. Da ich mir diese seltenen Tiere gern etwas näher ansehen wollte, ließ ich Yukon im Wagen zurück und ging ein Stück die Straße entlang. Dann blieb ich stehen, vergewisserte mich, daß ich unbeobachtet war, und kletterte erneut über den Zaun.

Meinen Feldstecher um den Hals, schlich ich vorsichtig über die Prärie. Nach einer Weile sah ich die Kälber der Herde, sechs an der Zahl, die sich vergnügt in einer Mulde tummelten. Die

Kühe waren inzwischen wieder bei ihnen. Eine säugte ihr Kalb, zwei andere lagen friedlich im Gras; der Rest meiner alten Bekannten starrte auf die für Bisons typische Art scheinbar ausdruckslos ins Leere. In einiger Entfernung standen zwei bedächtig wirkende Bullen.

Mutig geworden, wagte ich mich näher heran, war jedoch bereit, mich bei der ersten feindseligen Bewegung eines der großen Tiere aus dem Staub zu machen. Etwa dreißig Meter von der nächsten Kuh entfernt blieb ich stehen. Sie sah zu mir her, ließ sich aber nicht weiter stören, während sie mit langsamen, seitlichen Bewegungen ihrer Kinnbacken wiederkäute. Es fiel mir schwer, diese beschauliche Szene mit dem zornigen Angriff in Verbindung zu bringen, der zehn Minuten zuvor stattgefunden hatte.

Durch meinen Feldstecher konnte ich die Tiere genau betrachten, und ich staunte über ihren grotesken, aber zweckmäßigen Körperbau, der so gut dafür geschaffen war, dem strengen nordischen Winter zu widerstehen.

Beim Anblick der kleinen Herde stand mir deutlich vor Augen, wie übel diesen edlen Wildrindern bei der Besiedlung Nordamerikas mitgespielt worden war. Zu Anfang des vorigen Jahrhunderts noch waren sie in schier endlosen Herden über die Prärien gezogen. Ihre Zahl reichte weit in die Millionen, ehe ein ebenso planmäßiger wie beschämender Ausrottungsfeldzug innerhalb ganzer siebzig Jahre den Bestand auf knapp tausend Tiere schrumpfen ließ. 1907 ergriffen die amerikanische und die kanadische Regierung endlich energische Schutzmaßnahmen. Zum Glück waren sie erfolgreich, und so gelang es in letzter Minute, die Bisons vor dem Aussterben zu bewahren. Insgesamt leben heute in Schutzgebieten Nordamerikas wieder rund 30000 Vertreter dieser Tierart.

Während ich die Bisons betrachtete, ging mir all dies durch den Kopf. Ich genoß die Faszination, die von ihnen ausging, und plötzlich fühlte ich etwas, das ich heute als eine Berufung bezeichnen will. Ich erkannte, daß es mich glücklich machen würde, mein Leben dem Studium der Natur zu widmen, um zum Schutz und Gedeihen der zahllosen Geschöpfe beizutragen, die in der Wildnis zu finden sind. Und ich wußte, daß die Jahre auf dem Gehöft nur eine Vorbereitung dafür gewesen waren, eine Zeit des Lernens und der Prüfung.

Jener Frühlingstag in der Ebene von Saskatchewan gab meinem Leben eine neue Richtung, und er wies mir den Weg zu einer reizvollen Aufgabe, der ich später mit großer Freude nachging.

Erhaben und eindrucksvoll türmten sich die steilen Hänge der Rocky Mountains links und rechts der schmalen Straße, die sich in zahllosen Windungen zur Paßhöhe hinaufschlängelte. Die Prärie hatte mich durch ihren weiten Himmel und das Gefühl von Unendlichkeit beeindruckt; danach hatte mich die Landschaft Albertas mit ihrem Wechsel von ländlicher Idylle und zerklüfteter Wildnis begeistert. Doch die majestätische Schönheit der Gebirgswelt, die sich jetzt vor mir auftat, übertraf alles, was mir bisher auf der Reise begegnet war.

Während Yukon und ich zum Paß hinauffuhren, hatte ich jedoch kaum ein Auge dafür, denn die steile Straße mit ihren engen Kurven nahm meine ganze Aufmerksamkeit in Anspruch. So war ich, als wir die Paßhöhe erreicht hatten, überwältigt von dem Panorama, das sich unvermittelt meinen Blicken bot. Ich fuhr auf einen kleinen Rastplatz neben der Straße und parkte. Als Yukon und ich den Wagen verließen, erging es uns wie Kindern, denen man erlaubt hat, sich nach Herzenslust in einem Spielwarenladen zu tummeln. Wir wußten nicht, wohin wir uns als erstes wenden sollten.

Der Hund lief einen sanft ansteigenden Hang hinauf und schnüffelte begierig an den Felsbrokken, Büschen und Gräsern. Ich folgte ihm und stellte entzückt fest, daß ich von hier einen ungehinderten Ausblick auf das herrliche Tal jenseits der Paßhöhe hatte. Etwa zwei Kilometer entfernt lag, blaugrün und glitzernd, ein kleiner See mit einer flachen Stelle am anderen Ufer, die ausreichend Platz für unser Zelt bot. Noch ehe ich den Feldstecher sinken ließ, sah ich uns im Geist schon mit dem Boot über den See fahren und drüben das Lager aufschlagen. Ich rief Yukon, streichelte ihm den Kopf und deutete auf den See.

»Siehst du das Wasser? Dort werden wir die Nacht verbringen. Vielleicht sogar ein paar Tage. Und wir werden uns schöne, dicke Forellen angeln!« Yukon wedelte als Antwort mit dem Schwanz, streckte sich und gähnte genüßlich.

Ich kletterte von meinem Aussichtspunkt wieder hinab zum Wagen. Es war Anfang Juni, und ich schätzte, daß wir seit unserer Abreise vom Gehöft über dreitausend Kilometer zurückgelegt hatten. Bald würde ich wieder in einer Redaktionsstube sitzen und am Schreibtisch über Artikeln brüten. Ich versuchte, den Gedanken abzuschütteln, während wir unserem vorerst letzten Lagerplatz in freier Natur entgegenfuhren.

Trotz meiner gedrückten Stimmung verbrachten wir an dem kleinen See drei herrliche Tage. Das Wasser war kristallklar und kalt, es gab Forellen in Hülle und Fülle, und ab und zu konnte ich sogar Fischadler bei ihrer Jagd nach Beute beobachten.

Ein schmaler Kiesweg hatte uns von der Straße fast bis zum Rand des Wassers geführt. Ich hob das Kanu vom Wagendach, packte das Zelt und ein paar andere Dinge hinein und schob es ins Wasser. Yukon saß wie eine übergroße Galionsfigur kerzengerade am Bug. Mit kräftigen Paddelschlägen näherte ich mich dem anderen Ufer, hatte innerhalb einer Viertelstunde das Zelt aufgeschlagen und stach gleich darauf wieder »in See«, um das Abendessen zu angeln.

Nachdem ich vier prächtige Regenbogenforellen aus dem Wasser gezogen hatte, konnte ich die Angelrute getrost beiseite legen. Während die letzten Strahlen der Sonne das Wasser in rötliches Licht tauchten, paddelte ich auf dem stillen See umher. Hier ließ es sich ungestört träumen, und erst der Hunger trieb mich wieder ans Ufer.

Die Forellen schmeckten fabelhaft! Ich röstete meinen Anteil langsam über dem Feuer. Yukon machte sich weniger Umstände. Er fraß seine Portion roh und schien den ungewohnten Leckerbissen sichtlich zu genießen. Müde von der langen Fahrt, kroch ich an diesem Abend früh in meinen Schlafsack und war mit dem Hund an meiner Seite binnen weniger Minuten fest eingeschlafen. Aber schon nach kurzer Zeit wurde ich von dem nahen Heulen eines Wolfes geweckt. Es war Yukon. Nachdem es mir gelungen war, ihn zum Schweigen zu bringen, wurde mir klar, warum er seinen sehnsüchtigen Ruf angestimmt hatte: Aus weiter Ferne trug der Wind das zeitlose Lied eines Rudels von Grauwölfen zu uns herüber. Und mein Gefährte hatte ihnen ganz selbstverständlich geantwortet.

Zwei Tage später nahmen wir Abschied von unserem Lagerplatz am See. Danach legten wir nur noch kurze Pausen ein und waren bald an unserem Bestimmungsort in British Columbia angelangt. Mir blieben noch fünf Tage bis zum Beginn meiner neuen Arbeit. Unsere Fahrt hatte sechs Wochen gedauert, und mein Kapital war auf siebenundfünfzig Dollar zusammengeschrumpft; bis zur ersten Gehaltszahlung in genau zwanzig Tagen mußte ich damit auskommen. Es war also gar nicht daran zu denken, ein Zimmer oder eine Wohnung zu mieten. Daher wollte ich mich nach einer Bleibe in der freien Natur umsehen, wo Yukon wenigstens genügend Auslauf hatte.

Zum Glück war die Stadt von Wildnis umgeben. Ich fand einen geeigneten Platz rund zehn Kilometer außerhalb in einem kleinen Tal, das nur über eine holprige, ungeteerte Straße erreichbar war. Als ich das Gelände näher untersuchte, entdeckte ich die Reste einer alten Blockhütte – kein ungewöhnlicher Anblick in einer Gegend, in der sich früher viele Goldsucher aufgehalten hatten.

Nachdem ich das Zelt neben der verfallenen Blockhütte aufgebaut hatte, machte ich mich daran, unser provisorisches Lager für einen längeren Aufenthalt herzurichten. Ich schleppte Steine herbei und schichtete sie zu einer Feuerstelle auf. Dann schuf ich mit einer Zeltbahn ein Sonnendach und bastelte ein Brettergestell, auf dem ich das Kanu mit dem Kiel nach oben aufbewahren konnte. Da ich Yukon während meiner Abwesenheit nicht frei herumstreunen lassen konnte, schlug ich unter dem Sonnendach einen Eisenpflock in den Boden, um ihn an die Kette legen zu können. Ich wußte, daß er nicht sehr glücklich darüber sein würde. Aber er mußte sich damit abfinden, ebenso wie ich mich mit der langweiligen Arbeit als Redakteur einer kleinen, unbedeutenden Zeitung abfinden mußte.

Als ich mich für die Stellung entschied, hatte ich mir ernsthaft vorgenommen, längere Zeit dort auszuhalten. Jetzt, da ich mich dem täglichen Einerlei der Büroarbeit gegenübersah, wurde mir klar, daß ich für eine solche Tätigkeit nicht geschaffen war. Ich hatte es schon immer gehaßt, den ganzen Tag in ein Zimmer eingesperrt zu sein. Deshalb hatte ich fast nur als Reporter gearbeitet, selbst wenn ich dabei weniger verdiente. Die Berichterstattung gab mir die Möglichkeit zu schreiben – meine einzige Leidenschaft –, ohne dabei in einem Büro hocken zu müssen. Aber jetzt konnte ich es mir nicht leisten, wählerisch zu sein.

Trotz aller guten Vorsätze glaubte ich nach zwei Wochen bereits, vor Langeweile umkommen zu müssen. Ich war entschlossen, nur so lange zu bleiben, bis ich genügend Geld beisammen hatte, um mindestens ein Jahr lang mit Yukon sorglos durch die Wildnis ziehen zu können. Das Ziel, das ich mir gesetzt hatte, waren dreitausend Dollar. Da es in der Redaktion immer an Arbeitskräften fehlte, machte ich jede Menge Überstunden. Nebenbei arbeitete ich freiberuflich für eine Nachrichtenagentur und schrieb Artikel für verschiedene Zeitschriften. Um soviel wie möglich zu sparen, lebte ich völlig zurückgezogen. Meine Kollegen bei der Zeitung hielten mich wohl für einen Menschenfeind, womit sie vermutlich nicht ganz unrecht hatten.

Ende Juli hatte ich das Glück, ein kleines Haus mieten zu können, das abseits der Stadt an einem See lag. Zwar war es ziemlich heruntergekommen, aber es kostete nur dreißig Dollar im Monat. Natürlich gab es dort weder Strom noch fließendes Wasser, doch dieser Nachteil fiel angesichts eines guten Brunnens und der idyllischen Umgebung mit Kirsch- und Apfelbäumen nicht weiter ins Gewicht. Im Schuppen fand ich einige Rollen Maschendraht, mit denen ich einen großzügig bemessenen Zwinger für Yukon anlegen konnte. Wir besaßen sogar einen eigenen kleinen Strand am Seeufer, und jeden Abend konnte ich auf das Wasser hinauspaddeln, um Regenbogenforellen und die besonders wohlschmeckenden Binnenlachse zu angeln.

Als der Winter kam, genossen Yukon und ich, daß die Jahreszeit in diesen Breitengraden weit weniger streng war als in den Wäldern Ontarios. Dennoch war keiner von uns beiden völlig zufrieden, denn wir fühlten uns eingeengt durch den täglichen Trott. Die Tage und Wochen schleppten sich dahin, und wir wurden mißmutig und ruhelos. Nicht einmal mehr unsere gemeinsamen Streifzüge am Wochenende konnten uns richtig Freude bereiten.

Bis Ende Februar hatte ich die erhofften dreitausend Dollar zusammengespart und teilte meinem Arbeitgeber mit, daß ich in zwei Wochen abreisen würde. Diese letzten Tage waren am schwersten zu ertragen! Jeden Morgen hakte ich einen weiteren Tag auf dem Kalender ab, und jeden Abend packte ich ein paar weitere Sachen ein.

Dann war es soweit: Endlich erlöste uns die Abreise von einem Leben voll unliebsamer Zwänge.

7. Kapitel

Yukon lag zusammengerollt auf dem Sitz neben mir, leckte sich die Pfote und achtete nicht auf die Landschaft, die der Vollmond in silbriges Licht tauchte. Es war etwa eine Stunde vor dem Morgengrauen. Die Bäume warfen dunkle Schatten auf den Schnee. Auf der Straße herrschte kein Verkehr. Wir wußten nicht, wohin wir fuhren, und es kümmerte uns nicht. Es genügte, daß wir Kurs nach Norden genommen hatten. Ich hatte keine Eile. Es gab keinerlei Termine, die eingehalten werden mußten, und kein bestimmtes Ziel.

Am Morgen des dritten Tages befanden wir uns in unmittelbarer Nähe der Cariboo Mountains von British Columbia, wo der Winter dem Frühling noch Widerstand leistete. Es war nicht sehr kalt, aber überall lag hoher Schnee, und die Wasserläufe waren zugefroren.

Zum ersten Mal seit unserer Abreise zog ich eine Landkarte zu Rate und wählte auf gut Glück ein Ziel. Die Karte zeigte ein ausgedehntes Waldgebiet am Rand des Fraser-Plateaus, an dessen Südseite eine Schotterstraße von Williams Lake nach Westen zur Pazifikküste führte. Irgendwo in dieser Region hoffte ich einen geschützten Lagerplatz zu finden, wo wir etwa einen Monat bleiben und die Wildnis beobachten konnten, während wir auf den Frühling warteten. Wir machten uns wieder auf den Weg und erreichten nach etwa neunzig Kilometern Williams Lake. Dort bog ich auf die Schotterstraße ein, und im Laufe des Vormittags kamen wir zu einer Ortschaft namens Riske Creek. Die Gegend gefiel mir, und ich begann, nach einem geeigneten Platz für unser Lager Ausschau zu halten.

Riske Creek war damals noch ein kleiner Ort, kaum mehr als eine Handvoll Blockhütten und Holzhäuser, die beiderseits der Landstraße errichtet worden waren. In einer Gemischtwarenhandlung erfuhr ich von einem Weg für Holzfuhrwerke, der ein paar Kilometer westlich des Flusses tief in den Wald hineinführte. Dort, sagte man mir, würde ich zahlreiche gute Plätze zum Zelten finden.

Wie sich herausstellte, war der Weg schmal und uneben. Nach einigen Kilometern wurde er praktisch unbefahrbar, weil mein Wagen in den Schneeverwehungen über einem weichen, lehmigen Untergrund steckenzubleiben drohte. Zu meiner Erleichterung fand ich eine Wendestelle mit felsigem Boden, bei dem nicht die Gefahr bestand, daß er später, wenn das Tauwetter einsetzte, zu Morast wurde. Nachdem ich den Schnee weggeschaufelt hatte, war das Lager schnell errichtet. Ich wollte es als Stützpunkt für unsere Streifzüge benutzen, bis wir einen Platz gefunden hatten, an dem wir für längere Zeit kampieren konnten.

In dieser Nacht schliefen wir ruhig und behaglich und wachten erst auf, als die Sonne am Himmel stand. Beim Frühstück im Freien vor einem knisternden Lagerfeuer gesellten sich fünf Schwarzkopfhäher zu uns, die um Nahrung bettelten. Sie schienen keine Angst vor Yukon zu haben. Er seinerseits beachtete die Vögel kaum, bis einer von ihnen, der besonders vorwitzig war, sich auf meiner Schulter niederließ. Fast im gleichen Augenblick erhielt ich einen so heftigen Schlag auf den Rücken, daß ich von meinem Klappstuhl fiel.

Wie ich später begriff, hatte Yukon offenbar seine Eifersucht nicht beherrschen können, als er sah, daß ich die Hand mit Brotkrumen für den Vogel in die Höhe hielt.

Der erschrockene Häher flog laut kreischend davon. Ich selbst war nicht weniger erschrocken und wollte eben wieder aufstehen, als Yukon zu mir kam, um sich zu entschuldigen. Erst da wurde mir klar, daß *er* mich vom Stuhl gestoßen hatte. Im ersten Moment war ich äußerst erzürnt über den Schreck, den er mir eingejagt hatte, und als er mir reuevoll die Hand lecken wollte, schlug ich nach ihm. Noch nie zuvor hatte ich ihn im Zorn geschlagen. Er wich winselnd zurück, sah mich durchdringend an, dann drehte er sich rasch um und lief in den Wald. Ich rief ihn, aber er reagierte nicht.

Jetzt war es an mir, Reue zu zeigen, vor allem, als ich mich an die seltenen Gelegenheiten erinnerte, bei denen ich ihm versehentlich weh getan hatte. Er hatte sich nie zu einer unbeherrschten Reaktion hinreißen lassen. Zwar hatte er geknurrt und nach mir geschnappt, aber nie zugebissen, und jedesmal war seinem Zorn sofort ein Freundschaftsbeweis gefolgt.

Zwei Stunden später war er immer noch fort. War es möglich, daß ein einziger unbesonnener Schlag unsere Freundschaft zerstört hatte? Ich versuchte, diesen Gedanken zu verdrängen, konnte aber meine Sorgen nicht abschütteln, denn ich wußte nur allzu gut, wie empfindsam Yukon schon immer gewesen war. Sicher hatte ich ihn zutiefst verletzt. Trotz all des Leids, das ihm von Menschen zugefügt worden war, hatte er mir sein volles Vertrauen geschenkt. Es war durchaus denkbar, daß er sich jetzt betrogen fühlte und wieder zu dem menschenfeindlichen, mißtrauischen Tier wurde, das ich damals auf Alfreds Lastwagen gesehen hatte. Außerdem bestand auch die Möglichkeit, daß er in seinem aufgebrachten Zustand versuchen würde, zu dem über dreitausend Kilometer entfernten Gehöft zurückzukehren. Eine Reihe ähnlich bedrückender Gedanken ließen mir den Vormittag zur Qual werden.

Als Yukon bis Mittag nicht zurückgekommen war, hielt ich es nicht mehr aus und beschloß, seiner Spur zu folgen. Ich packte Nahrung für ihn und mich in einen kleinen Rucksack, schnallte die Schneeschuhe an und machte mich auf den Weg.

Zuerst war es nicht schwer, Yukons Fährte zu verfolgen. Er war fast genau nach Westen gegangen. Aber als ich nach einer halben Stunde auf offenes Gelände kam, das voller Schneehasenspuren war, mußte ich große Geduld aufbringen, um seine Fährte ausmachen zu können. Offenbar hatte er hier gejagt und seine Beute dabei auf einen Wald von Fichten und Zedern zugetrieben. Im Schutz einer großen Zeder fand ich die Überreste eines Hasen, den er schließlich doch zu fassen bekommen hatte. Von hier aus liefen Yukons Spuren weiter in Richtung Westen.

Ich pfiff und lauschte, aber ich hörte nur ein leises, stetiges Rauschen, das von einem Wasserlauf herrühren mußte. Yukons Fährte schien geradewegs dorthin zu führen, und während ich ihr folgte, wurde ich allmählich zuversichtlicher und sagte mir, daß er bestimmt heute noch zum Lagerplatz zurückkehren würde. Ein einziger gedankenloser Schlag konnte unmöglich all das zunichte machen, was uns miteinander verband.

Ich war mir ziemlich sicher, daß Yukon sich nicht verirren würde, aber dennoch bangte ich um ihn. Es konnte ein böses Ende nehmen, wenn Yukon die Witterung eines Bären aufnahm und in eine Höhle tapste. Außerdem drohte ihm auch große Gefahr, falls er einen Bach oder See überqueren wollte. Die trügerische Eisdecke brach jetzt nur allzu leicht, und in dem lähmend kalten Wasser würde er unweigerlich den Tod finden.

Das Gelände fiel jetzt leicht ab, und an den Spuren im Schnee sah ich, daß Yukon in langen Sprüngen auf eine Stelle zugejagt war, wo sich die Nadelbäume zu lichten begannen. Das Rauschen des Wassers hatte sich inzwischen zu einem Crescendo gesteigert. Ich zwängte mich durch Büsche und Sträucher und trat auf eine Wiese hinaus, die sich bis zum Ufer eines breiten Baches erstreckte. Das klare Wasser strömte über einen Felsvorsprung und stürzte in ein tieferliegendes Becken. Dieses Geräusch hatte ich die ganze Zeit gehört. Ich blickte mich um und sah, daß auf der kleinen Lichtung kaum noch Schnee lag. Die warme Märzsonne hatte ihn schmelzen lassen, und das Gras war schon erstaunlich trocken.

Diese sonnige Lichtung wäre ein traumhaft schöner Lagerplatz, ging es mir durch den Kopf. Hier konnten Yukon und ich herrliche Tage verbringen.

Erst da wurde mir klar, daß ich in der Begeisterung über meine Entdeckung Yukons Verschwinden vollkommen vergessen hatte.

»Wo steckst du denn bloß, Yukon?« rief ich beinahe flehentlich.

Plötzlich hatte ich das Gefühl, beobachtet zu werden. Ich drehte mich um und durchforschte mit den Augen den Wald hinter mir. Es war nichts zu sehen. Noch einmal suchte ich alles ab.

Wieder nichts. Offenbar hatte ich es mir nur eingebildet. Ich machte mich auf den Rückweg, war jedoch noch keine zehn Schritte gegangen, da hörte ich Yukons freudiges Heulen. Grenzenlos erleichtert wandte ich mich um und sah meinen schmerzlich vermißten Hund mit großen Sprüngen heranstürmen. Ganz außer sich vor Glück, sprang er heftig an mir hoch, warf mich dabei flach auf den Rücken und stellte sich mit den Vorderbeinen auf meine Brust, um mir das Gesicht zu lecken. Meine eigene Wiedersehensfreude ließ mich die feuchten Liebkosungen geduldig ertragen, zumal sie deutlich bewiesen, daß Yukon mir meine Unbeherrschtheit verziehen hatte.

Am nächsten Tag gab es viel zu tun. Viermal gingen wir zwischen dem Zelt und der Lichtung am Bach hin und her und beförderten unsere Ausrüstung und Vorräte mit Hilfe eines eilig zusammengebastelten primitiven Transportschlittens zu unserem künftigen Lagerplatz. Als es dunkel wurde, hatten wir unser neues Quartier am Waldrand in der Nähe des Baches schon behaglich eingerichtet und konnten uns zufrieden zur Ruhe begeben.

Unser Lager am Südostrand des Fraser-Plateaus lag in einem regelrechten Naturparadies. Das Plateau, das sich zwischen den Bergketten der Cariboo Mountains und der Coast Mountains erstreckt, ist noch weitgehend unberührt. Durch das Tafelland windet sich der schnell dahinfließende Fraser, der schließlich bei Vancouver in den Pazifischen Ozean mündet. Eine Woche nachdem wir auf die Lichtung umgezogen waren, schrieb ich in mein Reisetagebuch:

> Welch eine zauberhafte, wundervolle Gegend! Kein menschlicher Laut dringt an das Ohr, und bisher ist mir noch keine Menschenseele begegnet. Ringsum ist reine, unberührte Wildnis. Ferne Gebirge begrenzen das Fraser-Plateau, aber das Gebiet ist bei weitem nicht so eben, wie sein Name vermuten läßt. Es gibt sanfte Anhöhen, kleinere Hügelketten und mindestens einen hohen Berg, den wir von unserer Wiese aus sehen können.
> Bisher haben wir die Wildnis im Umkreis von dreißig Kilometern erforscht. Wir befinden uns in einer Übergangszeit zwischen Winter und Frühling, und das macht das Gehen mühsam und schwierig. Trotzdem sind wir bereits auf mehrere Elche, einen Fuchs, einen Fichtenmarder, zwei Präriewölfe sowie einen Rotluchs gestoßen, der sein Zögern bei unserem Anblick beinahe mit dem Leben bezahlt hätte. Wie von einer Feder geschnellt, jagte Yukon auf ihn zu und hätte ihn ums Haar erwischt.

Sieben Wochen lang durchstreiften Yukon und ich diese schier endlose Wildnis. Wir zogen kreuz und quer durch die Gegend und kehrten dabei nicht jeden Abend zum Zelt zurück. Bei größeren Touren suchten wir uns ein Schutzdach in freier Natur, unter dem wir unbesorgt die Nacht verbringen konnten. Langsam, Tag um Tag, wich der Winter dem Frühling. Schließlich war das Land von Schnee und Eis befreit, und die Zugvögel kehrten zurück.

Eines Morgens im April weckte mich das Schreien von Kanadagänsen, und als ich aus dem Zelt trat, sah ich sie in großen Keilformationen über unsere Wiese fliegen. Drei Tage später kamen die Seetaucher; sie schnatterten die ganze Nacht hindurch, und Yukon begleitete sie mit seinem gespenstisch anmutenden Geheul.

Dann kam der Mai und mit ihm eine unerwartete Hitzewelle, die Schnaken und Schwärme von Kriebelmücken brachte. Abends saß ich auf der Wiese am Bach und sah das Wasser ruhig und zielstrebig dahinfließen. Es war Zeit, wieder auf die Wanderschaft zu gehen, in neue Gegenden vorzustoßen und sie zu erkunden.

8. Kapitel

Von Riske Creek kehrten wir nach Williams Lake zurück und fuhren in nördlicher Richtung nach Prince George. Dort bog ich nach Westen in die Yellowhead-Route ein, die an der Pazifikküste endet.

In New Hazelton erfuhr ich, daß es eine Art Privatstraße gab, die einer Holzverarbeitungsgesellschaft gehörte und von der Ortschaft Terrace nach Norden zum Nass River führte. »Da können Sie direkt am Vulkan vorbeifahren«, lautete die Auskunft.

Ein Vulkan? Das interessierte mich. Ich wollte unbedingt Genaueres wissen. Der Vulkan werde als erloschen angesehen, sagte man mir, und es gebe dort ein ausgedehntes Lavagebiet, durch das die kleine Straße führte. Im übrigen sei es zweifelhaft, ob ich die Genehmigung erhalten würde, die Straße zu dieser Jahreszeit zu benutzen. Sie sei jetzt schlammig und kaum befahrbar.

Als ich wieder im Wagen saß, studierte ich aufmerksam meine Landkarte. Tatsächlich war der Vulkan darin eingezeichnet und auch das Lavabett, durch das der Nass fließt. »Das müssen wir auf jeden Fall gesehen haben, Yukon, und wenn wir das Kanu die ganze Strecke schleppen müssen«, sagte ich zu meinem Begleiter.

Offenbar war er damit einverstanden, denn er wedelte unternehmungslustig mit dem Schwanz.

Wir verbrachten die Nacht in Terrace. Früh am nächsten Morgen ging ich ins Büro der Holzverarbeitungsgesellschaft und erhielt die Erlaubnis, die Straße auf eigene Verantwortung zu benutzen. Ich wurde jedoch so eindringlich vor der Fahrt gewarnt, daß ich drauf und dran war, mein Vorhaben aufzugeben. Aber in diesem Augenblick kam der Fahrer eines Holztransporters ins Büro, der eben aus Aiyansh, einem Indianerdorf am Nass, zurückgekehrt war. Bis dorthin sei die Straße ganz gut befahrbar, berichtete er. An seinen Kollegen gewandt, fügte er hinzu: »Die Kerzenfische ziehen den Nass herauf.«

Auf meine Frage erfuhr ich folgendes: Die Kerzenfische sind eine dem Lachs verwandte Unterart der Stinte. Jeden Frühling schwimmen sie zum Laichen die Flüsse aufwärts. Die kleinen Fische, zwanzig bis fünfundzwanzig Zentimeter lang und silbergrau, sind außerordentlich reich an Öl, und ihre Verwertung brachte einst einen ganzen Industriezweig hervor. Die Küstenindianer ließen das Fischfett aus und verkauften es an die Eingeborenen im Binnenland. Im Jahr 1877 gründete die kanadische Regierung Grease Harbour, eine Fabrik für Kerzenfischöl am Nass. Die Fabrik ist heute nicht mehr in Betrieb, aber die *grease trails* – die »Fettpfade« –, die den Indianern als Handelswege dienten, sind an manchen Stellen noch befahrbar.

Nun war meine Neugierde erst recht geweckt, und ich wollte mich so schnell wie möglich auf den Weg nach Grease Harbour machen, um die Laichwanderung der Kerzenfische nicht zu versäumen. Danach würde ich zurückkehren und mit Muße den Vulkan und seine Lavahänge auskundschaften.

Der Holzweg war nicht so schlecht, wie der Mann im Büro ihn geschildert hatte, wenngleich die Räder meines Wagens an einigen Stellen tief in den Schlamm einsanken. In vielen Windungen schlängelte sich die Route durch den Wald, und nach zwei Stunden kamen wir zum Lava

Lake, einem schmalen, langgezogenen Gewässer, dessen Nordufer zum Teil aus Lava bestand. Von dort aus sind es fünfzehn Kilometer zum Nass und zu der Ortschaft Aiyansh.

Die Straße war jetzt besser, weil sie über Lava führte, aber als wir zum Nass kamen, erfuhr ich von einer Gruppe halbwüchsiger Indianer, daß die Strecke weiter nördlich wesentlich schlechter wurde. Außerdem sei der Pfad nach Grease Harbour zu schmal für den Wagen. Die drei Jungen, Niska-Indianer aus Aiyansh, kamen eben mit Säcken voller Kerzenfische vom Fluß zurück. Ich schickte mich an, aus dem Wagen zu steigen, um mir ihren Fang anzusehen, da begann Yukon zu knurren und die Zähne zu fletschen, was bei ihm ganz ungewöhnlich war. Vorsichtshalber band ich ihn mit der Leine ans Lenkrad, ehe ich aus dem Wagen kletterte.

Die jungen Niska waren schüchtern, aber sehr freundlich. Einer von ihnen, Jimmy, den ich auf fünfzehn schätzte, erbot sich, mir zu zeigen, wie sie fischten. Ich nahm sein Angebot bereitwillig an. Aber vorher mußte ich Yukon beruhigen.

Ich holte ihn aus dem Wagen und redete ihm gut zu, doch er war nicht bereit, sich mit Jimmy anzufreunden. Aber zumindest konnte ich ihn dazu bringen, daß er aufhörte zu knurren und sich mit der Gegenwart des Jungen abfand. Da Yukon sich noch nie zuvor so feindselig verhalten hatte, gelangte ich zu dem Schluß, daß vermutlich die Erinnerung an Alfred, den Indianer, der ihn mir verkauft hatte, diese

Reaktion bei ihm auslöste.

Jimmy war nicht sehr gesprächig. Er lächelte viel und gab einsilbige Antworten, wenn man ihn etwas fragte, aber von sich aus sagte er nichts. Während wir zum Fluß gingen, bemühte ich mich, ihm ein paar Informationen über Land und Leute aus der Nase zu ziehen.

»Wie viele Leute leben in Aiyansh?« fragte ich ihn.

»Einige.«

»Gehst du in die Schule?«

»Nein.«

»Arbeitest du?«

»Ja.«

»Was tust du?«

»Fallen stellen. Fischen.«

Erst nachdem er mir abends geholfen hatte, das Lager aufzuschlagen, und am nächsten Morgen kam, um Holz zu hacken, fing Jimmy zu reden an. Danach hörte er überhaupt nicht mehr auf. Außerdem zeigte er mir, wie man Kerzenfische fing. Es war keine große Kunst. Tausende und aber Tausende glitzernder Fische bevölkerten den Nass von einem Ufer zum anderen. Seite an Seite zogen sie stromaufwärts, ein endloses, nie abreißendes Silberband. Es war ein Kinderspiel, sie einfach mit der Hand aus dem Wasser zu schaufeln. Und genau so machte es Jimmy. Binnen fünf Minuten hatten wir etwa drei Dutzend Fische gefangen. Danach kehrten wir zum Wagen zurück und errichteten ein provisorisches Lager. Ich lud den Indianerjungen zum Abendessen ein; es gab Kerzenfische, die wir über dem Feuer brieten. Yukon fand sichtlich Geschmack an den fettigen kleinen Fischen. Er fraß vierzehn auf einen Sitz – roh natürlich.

Als Jimmy am nächsten Morgen eintraf, hielt sich Yukon ein wenig abseits, während der Junge Holz hackte und aufstapelte. Hinterher gingen wir wieder zum Nass hinunter, und Jimmy fing an, Kerzenfische aus dem Wasser zu holen. Während er sich damit vergnügte, blickte ich nachdenklich auf den Fluß und überlegte, wie es jetzt weitergehen sollte.

Da wir den Vulkan auskundschaften wollten und auch den See, Lava Lake, noch nicht richtig gesehen hatten, beschloß ich, dorthin zurückzufahren und ein oder zwei Wochen in der Nähe des Sees zu zelten. Jimmy wollte gern mitkommen und mir bei der Arbeit helfen. Aber von seinem Zuhause in Aiyansh bis zum nördlichen Ende des Sees waren es fünfzehn Kilometer.

»Du kannst unmöglich zweimal am Tag so weit marschieren«, gab ich zu bedenken.

»Hab ein Fahrrad«, erklärte Jimmy, und damit war die Sache entschieden. Für einen Lohn von drei Dollar pro Tag radelte er allmorgendlich zu uns herüber und machte sich nützlich. Ich brauchte ihn nicht, aber ich hatte das Gefühl, daß er uns brauchte. Wir waren ein ungewöhnliches Ereignis in seinem jungen Leben. Und ganz gewiß brauchte er das Geld. Er und Yukon wurden während der zehn Tage, die wir in der Nähe des Sees kampierten, recht gute Freunde.

Der kleine Fluß, der sich in den nördlichen Zipfel des Lava Lake ergießt, kommt von einem Berg herunter, dessen Gipfel sich acht Kilometer westlich des Fahrwegs erhebt. Dort, wo der Fluß in den See mündet, hat er ein kleines Becken aus dem Vulkangestein gewaschen, das mit kristallklarem Wasser gefüllt ist. Aus ihm ragen skurril anmutende Gebilde aus Lava, auf denen Farne, wilde Gräser und die verschiedensten Moose und Pilze wachsen. Kein Gärtner der Welt könnte sich etwas Schöneres ausdenken als dieses von der Natur geschaffene Wasserbecken, das von Sonnenstrahlen erhellt wird, die schräg durch dichtbelaubte Bäume fallen.

Jedes der Lavagebilde hat eine andere Form: ein Hundekopf – oder es könnte auch der eines Wolfes sein; ein grob geformter Reiher, auf einem Bein stehend, der Schnabel ein wenig dick und verkürzt. Das tanzende Licht und das langsam dahinfließende Wasser verleihen den Formen Bewegung, so daß sie tatsächlich zu leben scheinen.

An unserem ersten Tag am See saß ich eine Stunde an diesem wunderschönen Becken und hing meinen Gedanken nach, während Yukon und Jimmy, die inzwischen Waffenstillstand geschlossen hatten, Brennholz herbeischleppten. Wir hatten für die Fahrt vom Nass hierher Jimmys Fahrrad hinten an den Wagen gebunden und den Jungen auf dem Rücksitz mitgenommen. Dann hatte ich ein festes Abkommen mit ihm getroffen. Im Lauf der nächsten Wochen wollte ich mit Yukon die Quelle des Nass erforschen. Wir würden mit dem Kanu flußaufwärts fahren und den Wagen in Jimmys Dorf zurücklassen. Für zehn Dollar im voraus und weitere zehn bei unserer Rückkehr sollte der Indianerjunge mein Auto bewachen. Aber zuerst wollte ich noch einige Zeit am Lava Lake bleiben. Dann würde ich vor unserem Aufbruch nach Terrace fahren, um uns mit Lebensmittelvorräten bis zum Frühling einzudecken, denn möglicherweise würden wir den Winter in den Bergen verbringen.

Nachdem sich Jimmy an diesem Abend verabschiedet hatte, machte ich mich mit Yukon auf den Weg zum Vulkan. Gemächlich stiegen wir bergan, der Stelle entgegen, von der man in den schwarzen Rachen des Kraters blicken konnte.

Der Vulkan erwies sich als nicht besonders eindrucksvoll. Vermutlich war er es nicht einmal zu der Zeit gewesen, als er noch Feuer und Asche gespien hatte. Dennoch hatte er es fertiggebracht, seine Lavamassen über eine Fläche von rund zweihundertfünfzig Quadratkilometern zu ergießen.

Fast ein Jahrhundert ist seither vergangen. Etwa fünfzig Prozent des Lavagesteins sind inzwischen mit Vegetation bedeckt: Weiden, Fichten und Lärchen, dazu einige Kiefern und Birken. In weniger als hundert Jahren, eine winzige Zeitspanne im Verhältnis zur Geschichte unseres Planeten, hat das Grün einen großen Teil des Bodens zurückerobert.

Eintragung im Reisetagebuch: Nacht. Pechschwarze Nacht, nur vom Flackern des Lagerfeuers belebt. Dunkelheit unter einem Vulkan; kein Wind. Kaum ein Laut, abgesehen vom Gemurmel des ruhelosen Flusses. Satt und zufrieden sitze ich am Feuer, trinke Kaffee, genieße den Frieden der Wildnis und denke an morgen und den fünfzehn Kilometer langen Fußmarsch hinüber nach Aiyansh, um Jimmy zu treffen und vielleicht noch ein paar Kerzenfische zu fangen.

Am nächsten Morgen stand die Sonne strahlend am tiefblauen Himmel. Zum Frühstück gab es Kaffee und gebratenen Speck, von dem ich drei Scheiben an Yukon abtrat. Um acht Uhr brachen wir auf und marschierten querfeldein in Richtung Nass. Wir hätten auch im Wagen zum Indianerdorf am Fluß fahren können, aber ich wollte nicht schon wieder auf der holprigen Straße durchgerüttelt werden. Nach zwei, drei Stunden Fußmarsch kamen wir zu einer großen Wiese an einem Berghang, auf der Felsbrocken verstreut lagen. Es war ein einladender Platz, und ich beschloß, eine Weile zu bleiben, um eine Pfeife zu rauchen, während ich mich im Gras ausruhte.

Yukon, der neben mir lag, sprang plötzlich auf und jagte auf eine Geröllhalde am Rand der Wiese zu. Wenige Sekunden später sah ich, was ihn so in Fahrt gebracht hatte: Ein großes Waldmurmeltier lief ebenfalls in Richtung der Halde, wo sich vermutlich sein Bau befand.

Fast im selben Moment noch bemerkte ich aus den Augenwinkeln einen dunklen Schatten, der zu meiner Linken am Himmel auftauchte. Es war ein Adler. Ich blickte durch den Feldstecher. Zu meiner Überraschung und Freude stellte sich heraus, daß es ein Steinadler war, der erste, den ich in Kanada zu sehen bekam. Tatsächlich habe ich in den vierundzwanzig Jahren meiner Streifzüge durch die Wildnis insgesamt nur sechs dieser prachtvollen Vögel beobachten können.

Der Adler, der jetzt in nur dreißig Meter Höhe über der Wiese kreiste, hatte es ganz offenbar auf das Murmeltier abgesehen; er nahm keine Notiz von Yukon. Der Hund, der mit geschmeidigen Bewegungen dahinjagte, erkannte, daß der Adler im Begriff war, ihm die Beute wegzuschnappen. Während das zu Tode geängstigte Murmeltier in gerader Richtung auf die Geröllhalde zurannte, setzte der Adler, der eine Flügelspannweite von mehr als zwei Metern hatte, zum Sturzflug an. Yukon steigerte seine Geschwindigkeit und lief jetzt so schnell, daß seine Beine kaum noch den Boden zu berühren schienen.

Der Adler stieß herab. Plötzlich schnellten die großen, krallenbewehrten Fänge nach vorn, und mit einem dumpfen Aufprall traf der gewaltige Raubvogel auf seine Beute. Ein Schrei des Murmeltiers gellte über die Wiese. Sein heftig zukkendes Opfer fest in den Klauen, kauerte der Adler im Gras.

Yukon hetzte auf ihn zu, war jetzt nur noch

etwa zwanzig Meter entfernt. Ich fürchtete, er würde den Adler töten oder von dessen messerscharfen Krallen zerrissen werden. Der Vogel richtete sich auf und hob, ungestüm mit den großen Flügeln schlagend, das sich immer noch wehrende Nagetier in die Luft. Gleich mußte Yukon ihn erreicht haben! Der Adler, mit dem Gewicht des Waldmurmeltiers belastet, gewann nur ganz langsam an Höhe. Mit einem letzten großen. Satz war Yukon heran und schnellte senkrecht nach oben. Einen Moment schien er in der Luft zu hängen, und ich sah seine Zähne aufblitzen. Nur um Haaresbreite verfehlten sie ihr Ziel. Der Adler trug seine Beute davon und war bald in der Ferne verschwunden.

Yukon trottete niedergeschlagen zu mir zurück. Als wir weitergingen, fragte ich mich, was wohl passiert wäre, wenn der große Adler sein gewagtes Spiel nicht gewonnen hätte.

Am frühen Morgen des 7. Juni traten wir unsere Reise nach Norden zur Quelle des Nass an. Ich hatte den Wagen in Jimmys Dorf abgestellt, und der Junge war gekommen, um beim Beladen des Kanus zu helfen. Er hatte einen schmutzigen Proviantbeutel um den Hals hängen. Ich ließ das Kanu ins Wasser und verstaute die Vorräte und Ausrüstungsgegenstände, die Jimmy herbeischleppte. Als wir alles eingeladen hatten, war das Boot mit über dreihundert Kilo Gewicht fast bis zur Höchstgrenze beladen. Es blieb gerade noch genügend Platz für Yukon und mich.

Jimmy löste die Vertäuung, dann öffnete er ein wenig verlegen seinen Proviantbeutel und reichte mir schüchtern ein in braunes Papier gewickeltes Päckchen.

»Lachs. Geräuchert. Für Sie«, murmelte er.

Gerührt über die Geste, dankte ich ihm. Er stieß wortlos das Kanu vom Ufer ab und sah zu, wie ich den Bug stromaufwärts richtete. Dann winkte ich mit dem Paddel und rief: »Auf Wiedersehen!« Yukon, der mir in nichts nachstehen wollte, hob den Kopf und heulte.

Wir legten die Strecke bis Grease Harbour in drei Stunden zurück – eine Durchschnittsgeschwindigkeit von acht Kilometern in der Stunde. Wenn es uns gelang, dieses Tempo beizubehalten, sagte ich mir, konnten wir die Quelle des Nass in fünf, höchstens sechs Tagen erreichen; aber ich hatte mir keine bestimmte Frist gesetzt. Das war völlig überflüssig; wir hatten viel Zeit und waren reichlich mit Vorräten versehen.

In Grease Harbour wollte ich haltmachen, um mir die Fabrik für Kerzenfischöl anzusehen. Aber als wir uns auf dem Fluß dem Dorf näherten, stürmte eine Meute knurrender, kläffender Hunde zum Ufer. Zwei Niska-Indianer folgten ihnen. Ich winkte, doch statt meinen Gruß zu erwidern, sahen mich die Männer nur finster an, und so fuhr ich weiter. Am Spätnachmittag errichteten wir unser Lager auf einer kleinen Insel mitten im Fluß.

An diesem Abend machte ich Pläne für die

nächste Zukunft. Ich war jetzt entschlossen, den Winter in der Wildnis zu verbringen. Dazu mußte ich ein kleines Blockhaus errichten, doch wenn wir Glück hatten, fanden wir vielleicht eine verlassene Hütte, die man bewohnbar machen konnte. Ich hoffte, mich zum großen Teil von den Gaben der Natur ernähren zu können, wußte jedoch aus Erfahrung, daß man bei dieser Lebensweise nie sicher sein kann, ob einem der nächste Tag ein üppiges Festmahl oder einen leeren Magen beschert. Zunächst einmal versuchte ich herauszufinden, welche Gegend sich am besten zum Überwintern eignete. Gleichzeitig überlegte ich mir, wieviel Lebensmittel ich in einem Versteck irgendwo längs der Route zurücklassen sollte, damit wir auf unserem Rückweg im nächsten Frühling notfalls auf eine Reserve zurückgreifen konnten.

Während ich neben einem stark qualmenden Feuer saß, das dazu bestimmt war, die Stechmücken fernzuhalten, wandten sich meine Gedanken dem Leben in der Wildnis zu. Heute ist es kein Problem, in menschenleere Gebiete vorzudringen, sofern man über genügend Geld für eine Chartermaschine und einen Piloten verfügt. Es ist jedoch etwas völlig anderes, auf die eigene Kraft zu vertrauen und mit einem Kanu die Wildnis zu durchqueren, in dem ständigen Bewußtsein, daß vielleicht schon eine kleine Unachtsamkeit, ein unter anderen Umständen harmloses Mißgeschick mit dem Leben bezahlt werden muß.

Das Gebiet, in das Yukon und ich in jenem Juni eindrangen, war nicht etwa völlig unerforscht. Ich hatte Landkarten zur Hand, die mir in groben Zügen verrieten, was vor uns lag. Davon abgesehen besaß ich aber ein solch großes Vertrauen zu Yukon, daß ich diese Fahrt wahrscheinlich auch ohne Karten unternommen hätte. Mit ihm an meiner Seite fühlte ich mich immer sicher; ohne ihn hätte ich wohl kaum den Mut aufgebracht, mich in ein Gebiet zu wagen, in dem ich keinem anderen Menschen begegnen würde.

Ich frage mich manchmal, ob ich ihn führte oder er mich. Mir war ständig bewußt, wie sehr wir aufeinander angewiesen waren. Yukon war mein »Hilfsmotor«, wenn wir das Boot samt Inhalt um Stromschnellen, über Sandbänke oder um Sümpfe herum transportieren mußten. Er sträubte sich nie dagegen, sich das Geschirr anschnallen zu lassen und eine Ladung nach der anderen über Land zu befördern. Des Nachts schlief er bei mir im Zelt. Er war ständig auf der Hut und bereit aufzuspringen, wenn sich ein Tier auf der Suche nach Nahrung unserem Lager näherte. Nicht nur einmal machte er mich auf die gefährliche Nähe von Bären aufmerksam, so daß ich sie noch rechtzeitig mit ein paar Gewehrschüssen verjagen konnte.

In dieser und auch in vielerlei anderer Hinsicht war Yukon für mich, was seine Vorfahren für die Pioniere in der Wildnis Kanadas und Alaskas gewesen waren. Er war eine lebende Erinnerung an den großen Schlittenhund des Nordens, jene halbwilde Rasse, die den Pelztierjägern bei ihrer Arbeit half und ohne deren Einsatz weder Nansen die arktische Eiswüste bezwungen noch Amundsen den Südpol erreicht hätte.

Wir errichteten das Vorratslager etwa einhundert Kilometer nördlich von Aiyansh am Ufer eines kleinen Flusses. Danach kehrten wir zum Nass zurück und setzten gemächlich unseren Weg fort. Ich hatte inzwischen jedes Zeitgefühl verloren. Es muß wohl ein paar Tage später gewesen sein, als wir auf einen anderen kleinen Fluß trafen, der Damdochax heißt. Dies ist die Stelle, wo der Nass seinen Lauf ändert und sich von Nordosten nach Nordwesten wendet. Wir fuhren etwa fünfzehn Kilometer weit diesen kleinen Fluß hinauf und erreichten bald einen See, den Damdochax Lake.

Dort erwartete uns eine Überraschung. An der Stelle, wo der Fluß in den See mündet, standen zwei Blockhütten. Sie befanden sich in einem so guten Zustand, daß ich annahm, sie gehörten einem Wildhüter, der wohlhabende Touristen zum Jagen und Angeln hierherbrachte.

»Hör zu, Yukon, dies wird für eine Weile unser Zuhause sein. Wenn der Besitzer auftaucht und uns rausschmeißt, suchen wir uns etwas anderes.«

Yukon drehte sich um und kam vom Bug her über die Ladung hinweg auf mich zugestürmt, wobei er in seinem Eifer das Kanu fast zum Kentern gebracht hätte. Ich hatte gute Lust, ihn zurechtzuweisen, aber es war nichts geschehen, und so ließ ich seine Zärtlichkeiten widerspruchslos über mich ergehen. Nachdem er mir freudig über das Gesicht geleckt hatte, paddelte ich die letzten paar Meter zu einem etwas wackeligen, aber brauchbaren Landungssteg. Yukon sprang sofort an Land und lief davon, um unsere künftige Behausung zu untersuchen.

Sobald das Kanu festgemacht war, folgte ich ihm, und wir betraten die größere der beiden Hütten. Drinnen gab es zwei Schlafstellen, einen Tisch, vier schlichte Holzbänke und einen massiven gußeisernen Ofen. An der Wand stand ein Schrank mit allerlei Töpfen und Pfannen, einigen Blechtellern sowie Messern und Gabeln. Auf dem Tisch lag ein verblichenes Stück Packpapier mit einer Nachricht darauf. »Willkommen. Machen Sie es sich ruhig bequem, aber hinterlassen Sie die Hütte so, wie Sie sie vorgefunden haben.« Das Ganze war mit »W.H.« unterschrieben. Kein Datum, kein Hinweis auf den Aufenthaltsort des Besitzers.

»Vielen Dank, W.H., wer auch immer Sie sein mögen«, murmelte ich.

Die Hütte maß fünf auf acht Meter und war ganz aus Rundholz gezimmert. In die Ostseite, die den See überblickte, war ein Fenster eingelassen, aber das Glas war mit Sperrholz abgedeckt, um Tiere fernzuhalten. Die Luft im Inneren war stickig, überall lag dicker Staub, aber das kleine Häuschen bedeutete für uns ein Geschenk des Himmels.

Nach zwei Tagen hatte ich alles blitzblank geputzt und meine sämtlichen Vorräte und Ausrüstungsgegenstände im Innern verstaut.

Angesichts der Hitze und der Tatsache, daß die Blaubeeren sich dunkel färbten, nahm ich an, daß es Anfang Juli war. Ich wählte auf gut Glück den dritten und kreuzte dieses Datum auf dem Kalender an, den ich mitgebracht, aber bisher nie benutzt hatte.

Bis Ende des Monats hatten Yukon und ich viele Kilometer der Wildnis im Umkreis unserer Hütte durchstreift. Wir waren auf Schwarzbären, Grizzlybären und Elche gestoßen und hatten einen Stammplatz von Wölfen entdeckt, wo die fünf Jungen des Rudels warteten, bis sie kräftig genug waren, um mit den Großen umherzuziehen. Zwischen unseren Ausflügen baute ich eine Räucherkammer, die ich mit Stengeln und Blättern von Rohrkolben abdeckte, durch die der Rauch langsam hinausdringen konnte. Als sie fertig war, zimmerte ich zwei Gestelle für das Fleisch und die Fische, die ich als Vorrat für den Winter räuchern wollte.

Ich benutzte jetzt die kleinere Hütte als Lagerhaus für die Vorräte an Mehl, Haferflocken und Bohnen sowie für die geräucherten Fische. Sobald unsere Nahrungsmittel vor räuberischen Tieren sicher waren, machten wir Ausflüge, die mehrere Tage dauerten. Wir wanderten mit leichtem Gepäck, oft ohne Zelt, und lagerten am

Ende des Tages an einem Feuer unter freiem Himmel.

Nachdem wir die nähere Umgebung ausgekundschaftet hatten, machten wir uns auf den Weg zu dem kleinen See, aus dem der Nass entspringt. Wegen einer Reihe von reißenden Stromschnellen brauchten wir fünf Tage, um die hundert Kilometer mit dem unbeladenen Kanu zurückzulegen. Aber obwohl die Hin- und Rückfahrt insgesamt zwölf Tage dauerte, war es für mich eine ungeheure Befriedigung, zur Quelle des Nass vorgedrungen zu sein.

Als nächstes erforschten wir einen großen Teil des Telegraph Trail, jener Strecke entlang der ersten Fernsprechleitung von der Küste ins Binnenland. Der Telegraph Trail verläuft eine Zeitlang parallel zum Nass. Etwa dreizehn Kilometer nördlich von der Stelle, wo er sich vom Fluß entfernt, stießen wir auf eine halbverfallene Blockhütte; nichts hatte mich dazu bewegen können, mich ihr zu nähern, wenn ich geahnt hätte, was sich dort ereignen würde.

Eine ganze Weile bevor ich die Hütte entdeckte, fing Yukon an, unruhig zu werden. Um zu verhindern, daß er weglief, nahm ich ihn rasch an die Leine. Ein paar Minuten später bemerkte ich die Hütte. Je mehr wir uns ihr näherten, um so erregter wurde Yukon.

Die Hütte war in einem erbärmlichen Zustand, mit auseinanderklaffenden, morschen Balken und gähnenden Löchern, wo einst Fenster und Tür gewesen waren. Und ich bemerkte auch noch etwas anderes: einen schrecklichen Gestank, den süßlichen, widerwärtigen Geruch der Verwesung. Als wir nahe bei der Türöffnung waren, zog Yukon heftig an der Leine. Ich war nicht sonderlich erpicht darauf, die Ursache des gräßlichen Gestanks zu erforschen; aber wenn nun ein unglückseliger Mensch tot in dieser Hütte lag? Ich *mußte* hineingehen. Sehr widerwillig ließ ich mich von Yukon zum Eingang zerren, aber noch ehe wir dort angelangt waren, kam ein graues Tier aus dem dunklen Inneren herausgestürmt. Ich erschrak derart, daß ich die Leine fallen ließ.

Es war ein Kojote. Yukon stürzte sich sofort auf ihn, und die Geräusche eines wilden Kampfes dröhnten mir in den Ohren. Das hysterische Gekläff kam vom Kojoten. Yukon war wie üblich still und zielstrebig. Seine Zähne bohrten sich in den Nacken des kleineren Tieres. Das Winseln des Kojoten wurde schwächer. Keuchend begann er, sich heftig hin und her zu werfen. Yukon ließ nicht von ihm ab, er biß sogar noch fester zu. Dann hob er den Kojoten hoch, warf ihn auf den Rücken und schlug ihm die Fangzähne in den Hals. Ich hatte geglaubt, ihn in jeder Gemütsverfassung erlebt zu haben, aber jetzt lernte ich ihn von einer neuen Seite kennen – er legte eine erschreckende, leidenschaftliche Mordgier an den Tag, die ich noch nie zuvor an ihm beobachtet hatte. Ich schrie ihn an, ging so dicht heran, wie ich es wagte, und versuchte, die Leine zu fassen zu kriegen. Sie hing zwischen seinen Beinen, aber es war mir zu gefährlich, mit der Hand dorthin zu greifen.

Plötzlich war der Kampf vorüber; der Kojote wurde still, sein Körper zuckte, dann wurde er schlaff. Seine Augen starrten mich an – vorwurfsvoll, wie mir schien.

Yukon fing an, den Kadaver fortzuzerren, aber ich trat hinter ihn und hob die Leine auf.

Ohne auf seinen Widerstand zu achten, schrie ich ihn an: »Hör auf! Du Bestie!«

Er ließ seine Beute los, wedelte mit dem Schwanz und sah mich treuherzig wie immer an. Ich war verwirrt – gleichermaßen erregt über die unnötige Tötung des Kojoten wie über die Veränderung, die in Yukon vorgegangen war. Und jetzt, da der ganze Tumult vorüber war, wurde ich mir wieder des schrecklichen Verwesungsgeruchs bewußt.

Ich band Yukon an einen Baum, kehrte zur Hütte zurück und zwang mich hineinzugehen. Der Gestank war unerträglich. Ich hielt die Luft an und trat ein wenig näher an eine dunkle Masse heran, die auf dem Boden lag.

Es war ein Bär, der schon seit Tagen tot sein mußte. Offenbar war der Kojote so sehr in sein Festmahl vertieft gewesen, daß er unser Näherkommen nicht rechtzeitig bemerkt hatte. Während ich eilig wieder ins Freie trat, wunderte ich mich, woran der Bär wohl gestorben sein mochte.

Im übrigen erfuhr ich Jahre später, daß Wölfe die erbittertsten Feinde des Kojoten sind. Selten lassen sie einen Kojoten ungeschoren, wenn sich ihnen Gelegenheit bietet, ihn zu töten.

Eintragung im Reisetagebuch: Die durchgestrichenen Tage im Kalender zeigen, daß morgen Weihnachten ist. Die Zeit vergeht hier wie im Flug! Zumindest, wenn jeder Tag etwas Interessantes und Fesselndes bietet. Als ich beschloß, den Winter hier zu verbringen, fragte ich mich, ob ich mich wohl langweilen würde. Ich habe einige Bücher mitgenommen, die ich je nach Laune lese. Besonders oft beschäftige ich mich mit Steinbecks »Wonniger Donnerstag«, Darwins »Die Entstehung der Arten« und Platons »Der Staat«. Manche mögen dies für eine seltsame Mischung halten; für mich ist sie genau richtig. Und ich habe Yukon als Freund, Gefährten und Gesprächspartner. Er hört aufmerksam zu, wenn ich ihm Auszüge aus meiner Lektüre vorlese. Und er widerspricht mir nie.
Mein Weihnachtsmenü: gebratene Kanadagans mit Haferflocken, Rosinen und Blaubeeren gefüllt; gekochte Lilienknollen anstelle von Kartoffeln und wilde Zwiebeln; dazu Gerstenbrot. Der Nachtisch besteht aus Reispudding nach Art des Hauses: Reis mit Milchpulver, Rosinen und Zucker zubereitet. Dann Kaffee und zwei Gläschen Whisky. Yukon teilte alles mit mir, außer dem Whisky und dem Kaffee; hinterher machten wir einen Verdauungsspaziergang.

Ich habe vergessen, ein Thermometer mitzunehmen, und habe daher keine Ahnung, wie kalt es ist; aber die Haare in meiner Nase gefrieren, also muß es etwa zwanzig Grad unter Null sein. Es liegt hoher Schnee. Yukon hat Mühe, sich hindurchzukämpfen. Er unternimmt immer noch kurze Ausflüge auf eigene Faust, wenn ich ihn allein hinauslasse. Zur Zeit tue ich es nicht; es gibt zwei Wolfsrudel in dieser Gegend. Die Tiere sind groß, einige von ihnen größer als Yukon. Letzte Woche war eines der Rudel auf unserem See. Yukon wurde sehr unruhig und wollte hinaus, aber ich band ihn am Tischbein fest. Wir haben beide Rudel des öfteren gesehen, doch sie laufen jedesmal vor uns davon.

Wir sind jetzt seit sechs Monaten fern jeder Zivilisation. Ich vermisse sie nicht; und Yukon hat sie nie gemocht. Was für ein großartiger Hund! Anfang September, als es noch wenig Schnee im Tal, aber eine ganze Menge auf den Bergspitzen gab, stiegen wir auf den Blackwater Mountain, der direkt hinter uns liegt. Auf halbem Weg nach oben begann Yukon plötzlich aufgeregt zu schnüffeln und zog mich zu einer etwas abseits gelegenen Schlucht, die mit Felsbrocken übersät war. Yukons Benehmen veranlaßte mich, das Gewehr von der Schulter zu nehmen und zu laden. Das Klikken des Laufes scheuchte eine junge Bergziege auf, die ich mühelos erlegen konnte. Yukon sah mich an und bellte zweimal kurz, als wollte er sagen: »Ein guter Schuß. Aber ohne mich wärst du ahnungslos an ihr vorbeigegangen.«

Das Bergland weinte Sturzbäche an jenem Tag, an dem die ersten Kanadagänse über den Damdochax Lake flogen und unser Tal mit dem uralten Frühlingsruf erfüllten. Riesige Eisschollen knirschten und ächzten auf dem dunklen Wasser des Sees, und hinter unserer Hütte rauschten reißende Wildbäche die Hänge des Blackwater Mountain herab und ergossen ihr eiskaltes Wasser in den Fluß. Meinem Kalender zufolge war es der 14. April.

Yukon war in letzter Zeit ungewöhnlich ruhelos gewesen. Zuerst war ich erstaunt über sein Verhalten und beobachtete ihn aufmerksam. Er hatte während der vergangenen Wochen oft des Nachts geheult. Und dreimal innerhalb von zwei Wochen hatte er einen Teil seines Futters vor meinen Füßen erbrochen. Das hatte er bisher nur bei zwei früheren Gelegenheiten getan, und es war – wenn auch ziemlich abstoßend für menschliches Empfinden – ein Beweis seiner Zuneigung und Treue. Es war der Wolf in ihm, der ihn dazu trieb, seine Mahlzeit mit mir zu teilen. Wölfe versorgen auf diese Weise die schwächeren Rudelmitglieder. Wenn sie ein Wild erlegt haben, fressen sie sich voll, dann kehren sie zurück, um die Nahrung für die Daheimgebliebenen wieder von sich zu geben.

Während ich über diese Vorgänge nachdachte, erkannte ich, daß das nächtliche Geheul der Wölfe Yukon jedesmal tief beeindruckte. Anscheinend litt er unter Frühlingsgefühlen. Er wollte in die Wildnis laufen, um eine Gefährtin zu finden. Einige der Wölfe interessierten sich offensichtlich auch für ihn, denn ich hatte in letzter Zeit Spuren vor unserer Tür entdeckt. Ob sie Yukon als mögliche Beute betrachteten oder in ihm einen Artgenossen erkannt hatten, war unmöglich festzustellen. So vergewisserte ich mich vorsichtshalber, daß er dicht neben mir blieb, wenn wir zusammen ausgingen.

Wir waren sehr gut durch den Winter gekommen. Ich hatte im Herbst genügend Kleinwild gejagt, um nicht tagtäglich auf Elchfleisch angewiesen zu sein. Es gelang mir, aus einem Schwarm von Kanadagänsen, der auf unserem See landete, fünf Vögel abzuschießen. In den Wäldern des Tieflands jagten wir Schneehasen und Waldhühner, während wir in größeren Höhen zahlreiche Schneehühner aufstöberten. Ich wußte, wenn wir die strengsten Winterwochen überstehen wollten, in denen das Wild sich ins schützende Unterholz zurückzieht, brauchten wir einen reichlichen Vorrat an Fleisch.

Mein Speiseplan wurde um Lilienknollen und Rohrkolbenwurzeln bereichert, die beide einen guten Ersatz für Kartoffeln abgaben. Später, als das Land mit Schnee und Eis bedeckt war und ich uns kein frisches Gemüse mehr beschaffen konnte, machte ich es mir zum Prinzip, zweimal in der Woche eine kleine Fichte zu fällen. Ich entfernte die Rinde vom Stamm und kratzte die Kambiumschicht ab; die breiige Masse, die reich an Vitamin C ist, aß ich roh als Schutz gegen Skorbut. Und da ich mir sagte, daß es ihm auf keinen Fall schaden würde, mischte ich auch regelmäßig eine Portion davon unter Yukons Nahrung. Ich hatte einen ausreichenden Vorrat an Rosinen und Dörräpfeln mitgebracht, aber ich beschränkte mich vorsichtshalber darauf, sie nur als Nachspeise oder als eiserne Ration auf längeren Ausflügen zu verwenden. Viel Bewegung im Freien, ausreichende Nahrung und natürliches Vitamin C verschafften mir eine gute körperliche Verfassung, und ich zog mir den ganzen Winter über keine Erkältung zu. Yukon war ohnehin kerngesund und jeder Anforderung gewachsen.

Mittlerweile konnte jeder von uns beiden die leisesten Regungen des andern deuten und sein Verhalten im voraus abschätzen. Das zeigte sich besonders während der Jagd. Wenn Yukon einen Hasen aufstöberte, wußte er, daß ich sofort schoß, sobald das Tier in mein Blickfeld kam. Er wartete auf den Schuß, dann rannte er los, um zu apportieren. Wenn ich schlecht zielte, versuchte er, meinen Fehler durch energisches Nachsetzen wettzumachen, und war oft erfolgreich, wo ich versagt hatte.

Als der Winter vorrückte und das Wild sich zurückzuziehen begann, wurde Yukons Geschicklichkeit im Jagen immer wichtiger für uns. Unsere Fleischvorräte nahmen infolge unseres guten Appetits erschreckend ab, und wir mußten fast täglich jagen. Manchmal streiften wir stundenlang umher, ohne etwas Größeres als Mäuse oder Eichhörnchen zu entdecken. Ohne Yukon hätte ich viele der jagdbaren Tiere, die, durch ihre Umgebung getarnt, regungslos im Gebüsch hockten, überhaupt nicht bemerkt. Aber die feine Nase des Hundes nahm unweigerlich ihre Witterung auf.

Wenn wir nicht jagten, erkundeten wir zusammen die Gegend, und ich erfuhr vieles über die Wildnis und ihre zahlreichen Lebensformen, was ich dann abends beim Licht der Kerosinlampe ausführlich niederschrieb. Es sollte viele Jahre erfordern, all diese Beobachtungen richtig zu deuten und Einsicht in die komplizierten Gesetze der Natur zu gewinnen. Heute bin ich immer noch mit dieser Aufgabe beschäftigt und habe den Erfahrungen jener unvergeßlichen Monate, die Yukon und ich in der Wildnis im Norden British Columbias verbrachten, noch vieles hinzugefügt.

Als das letzte Eis schmolz und die Wasserwege wieder frei wurden, kamen die Insekten – wahre Heerscharen von Stechmücken, Fliegen und Ungeziefer aller Art, die mir klarmachten, daß es Zeit zum Aufbruch sei. Der letzte im Kalender angestrichene Tag war der 15. Mai. Am nächsten Morgen belud ich das Kanu, schrieb ein paar Zeilen für W.H. und hinterließ ihm einen Vorrat an Bohnen und Haferflocken. Als das getan war, ging ich hinaus, schloß die Tür und vergewisserte mich, daß sie fest verriegelt war. Dann blieb ich ein paar Minuten stehen und blickte auf die Berge, die grünen Bäume und den stillen See, in dem sich der blaue Himmel mit ein paar weißen Federwolken spiegelte. In der Nähe des anderen Ufers hüpfte ein Seetaucher auf und ab. Rings um die Hütte sangen die Vögel. Es war nicht leicht, gerade im Frühling dieses herrliche Fleckchen Erde zu verlassen, doch die Zeit war reif.

Wir begegneten den Kerzenfischen wenige Kilometer nördlich von Grease Harbour. Es schien unvorstellbar, daß ein ganzes Jahr vergangen war, seit ich zum letztenmal diese Prozession der Fische zu ihren Laichplätzen gesehen hatte. Wir fuhren mit unserem Kanu an der kleinen Ortschaft vorbei, und wieder kam eine Meute bellender Hunde ans Ufer gestürmt. Zwanzig Minuten danach sah ich am Rande des Flusses eine Gruppe von jungen Niska im Wasser stehen. Sie fingen Kerzenfische. Wenige Augenblicke später entdeckte ich Jimmy.

Der Junge hatte seine Fangmethode allem Anschein nach weiterentwickelt, denn in der rechten Hand hielt er einen Kescher, der bis oben hin mit zappelnden, glitzernden Fischen gefüllt war. Er blickte in unsere Richtung und winkte. Ich erwiderte seinen Gruß, dann steuerte ich aufs Ufer zu. Yukon sprang aus dem Boot und begrüßte Jimmy wie einen alten Freund, indem er ihn umwarf und sich auf ihn stellte, um ihm das Gesicht zu lecken. Aber als die anderen Niska näher kamen, nahm er eine drohende Haltung an und knurrte. Die Jungen zogen sich hastig zurück. Jimmy platzte fast vor Stolz. Die bevorzugte Behandlung, die ihm der große Hund zuteil werden ließ, verlieh ihm eine Sonderstellung, um die ihn die anderen Indianerjungen sichtlich beneideten.

»Was macht der Wagen, Jimmy?«

»Wagen in Ordnung. Hab aufgepaßt, daß alle ihre Finger davonlassen.«

Jimmy hatte seine Aufgabe offensichtlich sehr ernst genommen. Der alte, verbeulte Chevrolet stand an der Stelle, wo ich ihn zurückgelassen hatte; bei meiner Abreise war er voller Schmutz und Dreck gewesen, doch jetzt glänzte und blitzte die Karosserie, soweit der mitgenommene Lack es zuließ. Jimmy hatte sich alle Mühe gegeben und seinen Lohn redlich verdient.

Während Yukon und ich das Fahrzeug musterten, hörte ich, wie Jimmy in seinem flüssigen und melodischen Stammesdialekt den anderen Jungen Anweisungen erteilte. Ich nahm an, daß er ihnen befahl, unsere Vorräte auszuladen und zum Wagen zu bringen. Und so war es.

Als sie fertig waren, gab ich Jimmy seine zehn Dollar für die Beaufsichtigung des Wagens. Seine Freunde erhielten je einen Dollar und all meine restlichen Vorräte an Rosinen und Dörräpfeln.

Als wir losfuhren, standen die Jungen, ihre Beutel und Tüten umklammernd, am Straßenrand. Sie winkten und riefen Yukons Namen. Der große Hund saß würdevoll auf dem Beifahrersitz und blickte stur geradeaus. Aber schließlich gewann seine Neugier die Oberhand, und er steckte den Kopf aus dem Fenster, um sich nach den jungen Niska umzusehen.

Auf demselben Weg, den wir gekommen waren, kehrten wir in bewohnte Gefilde zurück. Wir fuhren am Lava Lake vorbei und trafen kurz vor Einbruch der Dunkelheit in Terrace ein. Wir verspeisten unsere Abendmahlzeit im Wagen, vor einer jener Imbißstuben, die fettige Brathähnchen und knochentrockene Pommes frites verkaufen. Es war alles sehr seltsam nach einem Jahr der Abwesenheit von den üblichen Aufenthaltsorten der Menschheit – seltsam und erbärmlich im Vergleich zu der ungetrübten Schönheit der Wildnis. Ich kaufte eine Zeitung, sah auf das Datum und stellte fest, daß ich mit meiner Zeitrechnung um ganze neun Tage hinterherhinkte.

Als ich versuchte, mich nach einer Pause von mehr als einem Jahr zum erstenmal wieder über die aktuellen Ereignisse zu informieren, fand ich wenig Gefallen daran und stopfte schon nach fünf Minuten die Zeitung in den nächsten Mülleimer. Ich ging zum Wagen zurück, setzte mich neben Yukon und fragte mich ein wenig ratlos, wohin die Reise nun führen sollte. Der Hund fing bereits an, unruhig zu werden. Ich holte die Brieftasche heraus und zählte mein Geld. Es war mehr, als ich erwartet hatte – fast dreihundertfünfzig Dollar –, aber nicht annähernd genug, um uns aus den Klauen der Zivilisation zu befreien.

Plötzlich fühlte ich den unwiderstehlichen Drang, diese Stadt zu verlassen und irgendwohin zu fahren, wo es Bäume und grüne Felder gab. Ohne lange zu überlegen, fuhr ich rückwärts aus dem Parkplatz, wandte mich nach Osten und ließ Terrace hinter mir zurück.

Siebzehn Tage danach trafen wir in Winnipeg ein. Ich war mutlos und enttäuscht. Wir waren von einem Ort zum anderen gefahren, und ich hatte überall gerade lange genug haltgemacht, um herauszufinden, daß keine der Zeitungen ein neues Redaktionsmitglied brauchte. Während dieser zermürbenden Fahrerei von Stadt zu Stadt wirkte Yukon sehr niedergeschlagen, und ich hatte großes Mitleid mit ihm. Mir selbst fiel es schon schwer genug, mich mit diesem jähen Sprung ins städtische Leben abzufinden. Für ihn mußte es beinahe unerträglich sein.

Als wir in Winnipeg ankamen, war meine Barschaft auf einhundertfünfunddreißig Dollar zusammengeschrumpft, und ich war entschlossen, entweder in dieser großen Stadt eine Stellung zu finden oder auf das Gehöft zurückzukehren und mich als Holzfäller zu verdingen. Das bot die Möglichkeit, wieder in der Wildnis zu leben, aber als Holzfäller würde ich gerade nur soviel verdienen können, wie wir für unseren Unterhalt benötigten. Eine Stellung in der Stadt hingegen brachte den Vorteil, auch freiberuflich arbeiten zu können und damit zu Nebeneinnahmen zu kommen. Ich wußte, daß ich das Stadtleben so lange ertragen konnte, wie ich brauchte, um uns unsere Unabhängigkeit zu erkaufen; aber Yukon würde mehr zu leiden haben als in British Columbia, denn in Winnipeg bestand keine Aussicht, eine Unterkunft in freier Natur zu finden.

Ich hielt an einer Tankstelle, ging in den Waschraum und zog städtische Kleidung an. Man hätte meine Aufmachung bestenfalls als bescheiden bezeichnen können; aber sie war immer noch besser als die abgetragenen, derben Klamotten, die ich in der Wildnis getragen hatte. So ausstaffiert, ließ ich Yukon im Wagen vor dem Bürogebäude der *Tribune,* der großen Tageszeitung von Winnipeg, und ging hinauf, um ein Gespräch mit dem Chefredakteur zu führen.

Er war freundlich, machte mir aber nicht viel Hoffnungen, als er den Grund meines Besuches erfuhr. Und als ich ihm erzählte, daß ich mir ein Jahr freigenommen hätte, um Kanada kennenzulernen, sanken meine Chancen auf den Nullpunkt. Dennoch zeigte ich ihm einige Artikel, die ich während dieser Zeit verfaßt hatte, und schließlich stellte sich heraus, daß wir gemeinsame Bekannte unter den Journalisten hatten. Dies schien die Unterhaltung in glücklichere Bahnen zu lenken. Jedenfalls bekam ich die gewünschte Anstellung als Reporter.

Draußen wies mir ein Polizist den Weg zu einem Teil der Stadt, wo ich hoffen konnte, eine billige Unterkunft für Yukon und mich zu finden. Fünfmal wurde ich abgewiesen, sobald die Vermieter den Hund erblickten. Entmutigt durch die wiederholten Mißerfolge, wäre ich fast an dem sechsten Schild mit der Aufschrift Zimmer zu vermieten vorbeigefahren. Das Haus sah aus, als könne es jeden Augenblick einstürzen; vielleicht lag diesem Besitzer besonders daran, einen Mieter zu finden? Auf mein Klopfen hin erschien eine Frau, die bei jedem Maskenball eine prächtige Hexe abgegeben hätte: Ihr Gesicht war runzlig wie eine gedörrte Pflaume, sie hatte eine dicke Schicht Rouge auf den Wangen und eine Zigarette zwischen den verkniffenen Lippen.

»Wenn Sie ein Zimmer wollen, müssen Sie den Hund im Hof lassen. Hab keine Zeit, Hundedreck aufzuwischen. Und es kostet Sie drei Dollar pro Woche extra.«

Ich war sprachlos vor Erstaunen, aber es gelang mir zu nicken. Damit war die Sache erledigt, und die Frau erklärte sich sogar bereit, den Hund abends zu füttern, wenn ich nicht rechtzeitig nach Hause kommen konnte.

Mein Zimmer, das neun Dollar pro Woche kostete, war keine Spur besser, als man es für diesen Preis erwarten durfte. Es lag auf der Rückseite des Hauses, mit einem einzigen Fenster zum Hof hin, das mir aber immerhin erlaubte, ein Auge auf Yukon zu haben. Und obwohl die Wirtin in vielerlei Hinsicht ein gräßliches Weib war, mit einem Mundwerk, das jeden Bierkutscher zum Schweigen gebracht hätte, war ich ihr dankbar. Sie war im Grunde gutmütig, und ihr Haus bot Yukon und mir für einige Monate eine annehmbare Bleibe.

Als Reporter bei der *Tribune* verdiente ich erheblich mehr als bei der kleinen Zeitung in British Columbia. Um möglichst viel Geld zurücklegen zu können, mied ich jeden geselligen Umgang und benutzte meine freie Zeit für freiberufliche Arbeit. Wenn ich am Wochenende keinen Dienst hatte, fuhr ich mit Yukon zum Zelten und Angeln an einen der zahlreichen Seen in Manitoba oder Ontario. Wir lebten beide auf diese Ausflüge hin, ganz besonders der bedauernswerte Yukon.

Nachdem einige Wochen verstrichen waren, stellte ich zu meiner eigenen Verwunderung fest, daß eine Veränderung mit mir vorging. Trotz meines Entschlusses, mich von anderen Menschen fernzuhalten, fühlte ich mich mehr und mehr zu einer jungen Frau hingezogen, die im Archiv der Zeitung arbeitete. Ihr Name war Joan Gray.

Joan war dunkelhaarig, munter, klug und charmant. (Natürlich kann meine Einschätzung wegen Befangenheit angezweifelt werden, aber andere würden das gleiche von ihr sagen.) Sie war hochgewachsen und praktisch veranlagt, wie die meisten Frauen, die auf einer Farm aufgewachsen sind. Und sie ließ sich durch nichts unterkriegen. Sie konnte zupacken, wo es nötig war, konnte ein feuriges Pferd reiten und ein

Kanu paddeln. Dennoch war sie sehr weiblich und besaß überdies jene bemerkenswerte Eigenschaft, die ich über alles schätze: einen ausgesprochenen Sinn für Humor.

Ich spürte, daß sie meine Zuneigung erwiderte, und im Laufe des Sommers entwickelte sich eine enge Freundschaft zwischen uns. Mir war klar, daß ich vor einem schwierigen Problem stand. Ich liebte Joan, doch ich wußte, daß ich es keiner Frau zumuten konnte, so zu leben, wie Yukon und ich gelebt hatten. Andererseits konnte ich es aber auch Yukon nicht antun, zum Leidtragenden des Stadtlebens zu werden, das sich jetzt für meine Zukunft abzeichnete. Was sollte ich tun?

Ich verfolgte keinen bestimmten Zweck, als ich Joan einlud, Yukon und mich auf einem unserer Angelausflüge zu begleiten. Freilich muß ich zugeben, daß ich hoffte, Unternehmungen dieser Art würden ihr gefallen. Sie hatte noch nie geangelt und war damals noch nicht mit der Wildnis vertraut.

Der Ausflug machte ihr mehr Spaß, als ich zu hoffen gewagt hatte, aber es dauerte einige Zeit, ehe sie dem Zauber der Wildnis so vorbehaltlos verfiel, wie ich ihm verfallen war.

Unterdessen wurde Yukon immer ruheloser. Als ich erkannte, daß ich den ernsthaften Wunsch hatte, eine feste Bindung einzugehen, war mir klar, daß es mit dem Vagabundenleben, das er und ich geführt hatten, ein Ende haben mußte.

Lange Zeit wurde ich von widersprüchlichen Gefühlen hin und her gerissen. Ich wollte mit Joan zusammensein, wollte für sie und unsere gemeinsame Zukunft arbeiten; aber ich wollte auch Yukon nicht missen, der mir in all der Zeit ein unvergleichlich guter Gefährte gewesen war. Er war kein zahmer Haushund, der sich mit Spaziergängen an der Leine zufriedengeben konnte. Ich wußte nicht, was ich tun sollte. Woche um Woche drückte ich mich vor einer klaren Entscheidung.

Joan reiste über Weihnachten zu ihren Eltern, während ich in der Stadt blieb, in der Redaktion arbeitete und den Weihnachtstag mit Yukon in meinem Zimmer verbrachte. Was für ein Gegensatz zu unserem letzten frohen Weihnachtsfest in der Hütte am Damdochax Lake!

9. Kapitel

Abgesehen von dem Schnee in der Einfahrt, lag das Gehöft genauso vor uns, wie wir es fast drei Jahre zuvor verlassen hatten. Es war ein milder, sonniger Tag Mitte Januar, als Yukon und ich den Wagen verließen und uns durch den sechzig Zentimeter hohen Schnee einen Weg zum Haus bahnten. Der Hund war außer sich vor Freude, wieder in den Wäldern von Ontario zu sein. Meine eigenen Gefühle waren bei weitem verworrener – eine Mischung aus Nostalgie, Besorgnis und Selbstanklage; Selbstanklage deshalb, weil ich glaubte, in den letzten Wochen versagt zu haben.

Während der sechsstündigen Fahrt von Winnipeg hierher hatte ich mir das Gehirn zermartert, um einen Ausweg aus dem Dilemma zu finden, dem wir uns alle gegenübersahen; aber sosehr ich mich auch bemühte, mir fiel nichts ein, was unsere Schwierigkeiten behoben hätte. Bei jeder Möglichkeit, die ich erwog, stieß ich letztlich auf die eine unumgängliche Tatsache, die ich nicht wahrhaben wollte: Ich mußte Yukon aufgeben – oder Joan. Man wird leicht verstehen, wie grausam mir diese Wahl erscheinen mußte.

So war ich auf der Suche nach einer Eingebung zum Gehöft zurückgekehrt.

Ich ließ Yukon draußen und machte mich daran, im Herd und im Kamin das Feuer anzuzünden. Wir waren hierhergekommen, um Ruhe und Frieden zu finden, und wir hatten drei Wochen vor uns, um gemeinsam die Wälder zu durchstreifen. Sicherlich, sagte ich mir, wird sich in dieser Zeit irgendeine Lösung bieten.

Ich trat ans Fenster, um Ausschau nach Yukon zu halten, der beglückt durch den hohen Schnee watete und dabei dem Wald zustrebte. Ich war im Begriff, zur Tür zu gehen und ihn zurückzurufen, aber eine Stimme in meinem Inneren sagte: »Laß ihn gehen. Laß ihn laufen, wohin er auch immer will; er hat ein wenig Freiheit verdient.«

In seinem Benehmen lag jener Ausdruck von

Entschlossenheit, den man oft an Hunden wahrnimmt, wenn sie sich mit einer bestimmten Absicht auf den Weg machen und zielstrebig dahintraben, ohne stehenzubleiben, um zu schnüffeln oder das Bein zu heben. Sein Weg würde ihn in eine Gegend führen, die einer Vielzahl von Tieren Unterschlupf bot. Vielleicht wollte er jagen oder alte vertraute Plätze wiederentdecken. Er war endlich aus dem trostlosen Hof meiner Hauswirtin befreit und konnte zum erstenmal seit Monaten tun und lassen, was er wollte.

Während ich ihm mit den Blicken folgte, kam ich erneut ins Grübeln. Das Entscheidende an meinem Problem war Yukons Wesen und Abstammung. Er war nicht wie andere Hunde; er war *wild*. Wenn man versuchte, seine Wildheit zu bändigen, würde man damit gerade die Eigenschaften unterdrücken, die ihn zu einem so außergewöhnlichen und prachtvollen Tier machten.

Aus reinem Wunschdenken hatte ich mir zuerst eingeredet, daß er lernen könnte, mit Joan und mir in der Stadt zu leben, in einem Haus mit einem großen Garten zum Beispiel; aber in Wirklichkeit wußte ich von Anfang an, daß er es nicht konnte, daß er die Wildnis brauchte, um so zu bleiben, wie er war.

Die Zivilisation war Yukon fremd; er verstand sie nicht und konnte sie nicht akzeptieren. Er würde sie bekämpfen und wieder mißtrauisch und gefährlich werden.

Tatsächlich war er bereits gefährlich geworden! Vor fünf Tagen hatte er in Winnipeg einen Betrunkenen angegriffen, der gegen den Zaun des Hofes getorkelt war. Zum Glück war ich zu Hause und konnte hinauslaufen, um ihm Einhalt zu gebieten; anderenfalls hätte er möglicherweise den Mann getötet, oder die Schreie seines Opfers hätten die Polizei alarmiert, die Yukon zweifellos erschossen hätte.

Ich war gerade von einem späten Auftrag nach Hause gekommen und hatte wie immer einige Zeit mit Yukon im Hof verbracht, ehe ich in mein Zimmer ging. Er hatte sich sehr zurückhaltend gegeben und wenig Lust zu ausgelassenen Spielen an den Tag gelegt. Sein Verhalten machte mir Sorgen, aber ich tröstete mich mit dem Gedanken, daß er vermutlich nur ruheloser als gewöhnlich war.

Etwa fünfzehn Minuten nachdem ich in mein Zimmer gegangen war, hörte ich das Geschrei, ein angsterfülltes, hysterisches Kreischen, das mir sofort sagte, daß Yukon jemanden angegriffen hatte. Ich war dessen so sicher, daß ich mich nicht damit aufhielt, aus dem Fenster zu sehen, sondern eilig hinauslief und, drei Stufen auf einmal nehmend, die Treppe hinunterrannte.

Yukon hatte seine Zähne in den Unterarm des Mannes geschlagen und schüttelte sein unglückseliges Opfer ungestüm hin und her. Sein grimmiges Schweigen wirkte noch bedrohlicher angesichts der gellenden Schreie des Mannes, den er bereits halb über den Zaun gezerrt hatte.

Ich lief, so schnell ich konnte, über den Hof

auf Yukon zu, griff nach seinem Halsband und bog seinen Kopf zur Seite, so daß er den Arm des Mannes loslassen mußte. Widerwillig fügte er sich, aber für einen Augenblick fürchtete ich, er würde nun mich angreifen. Ich packte ihn fester und sprach ihm zu.

»Schluß jetzt. Ruhig, Yukon, ganz ruhig.«

Er erkannte mich. Aber ich konnte ihn nicht loslassen, sonst hätte er den Mann wieder angegriffen. Ich mußte ihn wegzerren und an die Kette legen, bevor ich seinem Opfer helfen konnte.

Nach einer Weile gelang es mir, den Mann so weit zu beruhigen, daß ich seinen stark blutenden Arm provisorisch abbinden konnte. Schließlich trafen die Polizei und ein Krankenwagen ein, der Mann wurde in die Klinik gebracht, und ich mußte eine Menge schwieriger Fragen beantworten. Später erfuhr ich, daß die Bißwunden des Mannes mit dreiundzwanzig Stichen vernäht werden mußten. Zum Glück hatte er wenigstens keine bleibenden Schäden am Arm oder an der Hand davongetragen.

Am nächsten Tag erklärte ich meinem Chef, daß ich aus persönlichen Gründen ein paar Wochen Urlaub nehmen müsse; dann besprach ich die Angelegenheit mit Joan.

»Ich finde, du bist gegenüber Yukon nicht fair«, sagte sie. »Er braucht Bewegungsfreiheit. Du weißt ja selbst am besten, daß er kein Stadthund ist.«

Natürlich hatte sie recht, aber ich konnte es

nicht ertragen, mir ein Leben ohne den Wolfshund vorzustellen.

Am Tag darauf verließ ich mit Yukon die Stadt und machte mich auf den Weg zum Gehöft. Während der ganzen Fahrt suchte ich verzweifelt nach einer Lösung. Ich wollte Joan zur Frau haben *und* Yukon bei mir behalten; ich mußte in der Stadt wohnen und arbeiten und wünschte mir zugleich ein ungebundenes Dasein in der Wildnis. Ich wußte, es war unmöglich.

Während ich zusah, wie Yukon freudig durch den tiefen Schnee sprang, fragte ich mich laut: »Was zum Teufel soll ich tun?«

Nachdem Yukon in den Wald gelaufen war, blieb er zwei Tage und drei Nächte fort. Am Morgen des dritten Tages weckte er mich, indem er an der Tür kratzte. Es ist nicht schwer, sich vorzustellen, was für Qualen ich während seiner Abwesenheit ausstand. Ich hatte bei unserer Ankunft Wolfsspuren im Schnee gesehen, jede Nacht hatten die Wölfe in verschiedenen Teilen des Waldes geheult. Demnach mußten sich mehrere Rudel in unserer Gegend aufhalten. Ich vertraute auf Yukons Fähigkeit, sich in acht zu nehmen, machte mir aber trotzdem große Sorgen.

Jetzt begrüßte er mich wie üblich, indem er an mir hochsprang und sich an mir rieb. Nachdem seine Wiedersehensfreude sich gelegt hatte, brachte ich ihm eine große Portion Futter. Er schnüffelte daran, verschmähte es jedoch. Er hob lediglich einen Knochen auf und trug ihn, dankbar mit dem Schwanz wedelnd, zu seinem Lieblingsplatz neben der Tür. Dort ließ er sich plumpsend zu Boden fallen, kaute ein wenig lustlos auf dem Knochen herum und schlief bald darauf ein.

Ich sah ihn mir genauer an. Er war in glänzender Verfassung und offensichtlich nicht hungrig. Sein Fell war ein wenig verfilzt, aber abgesehen davon sah er gut aus. Ich überlegte mir, warum er wohl so lange weggeblieben war, und fragte mich, ob er bei seinem Ausflug vielleicht einer läufigen Wölfin begegnet war.

Eine leise Hoffnung regte sich in mir. War dies vielleicht die Lösung, nach der ich gesucht hatte? Würde Yukon imstande sein, sein eigenes Rudel zu bilden und den Rest seiner Tage frei in der Wildnis zu leben?

Zuerst verwarf ich diesen Gedanken. Das wäre zu gefährlich. Er konnte in eine Falle geraten oder von einem anderen Tier getötet werden, und ich würde niemals erfahren, was mit ihm geschehen war. Ich zwang mich, ganz nüchtern mit der Möglichkeit zu rechnen, daß er eine wilde Gefährtin gefunden hatte. Es war durchaus denkbar. Yukon selbst war ein Beweis dafür, daß Hunde und Wölfe sich bisweilen in freier Wildbahn miteinander paaren. Nach längerem Nachdenken gelangte ich zu dem Schluß, daß ich ihm allein die Entscheidung über seine weitere Zukunft überlassen mußte.

Ich ging zum Kamin, um noch etwas Brennholz aufzulegen, und Yukon wachte auf. Er gähnte lautstark, dann stand er auf, reckte sich und kam zu mir. Ich streichelte ihm den Kopf und kraulte ihn eine Weile an der Brust. Danach trabte er zur Tür und kratzte mit der Pfote daran. Als ich sie öffnete, mußte ich mir selbst verbieten, ihn zu begleiten; ich wußte, daß er bei mir geblieben wäre. Aber ich ließ ihn gehen. Ich konnte ihm nicht verweigern, wonach er sich seit langem sehnte.

Zwischen Mitte Januar und Anfang März, je nach Breitengrad und Wetterlage, kommt Bewegung in das System von Beziehungen innerhalb der Wolfsrudel. Nach und nach entstehen Paare, die sich etwas abseits halten, um sich auf die Fortpflanzungsperiode in der zweiten Märzhälfte vorzubereiten. In den ersten Monaten des Jahres werden die Tiere immer ruheloser, heulen oft und legen weite Strecken zurück.

Oft verläßt ein Wolfspaar während dieser Zeit sein Rudel, um nach der Geburt von Jungen, rund neun Wochen nach der Paarung, ein eigenes Rudel zu bilden.

An dem Abend, als Yukon zum zweitenmal im Wald verschwand, schnallte ich meine Schneeschuhe an und machte eine Wanderung durch die vom Vollmond erhellte Wildnis. Dabei dachte ich an Yukons Beziehung zu Susie, seine Besorgnis um sie und sein Interesse für die Jungen. Ich erinnerte mich an das traurige Ende der Geschichte, an jenen schrecklichen Augenblick, als ich Susie erschießen mußte, und an den Tod ihrer Jungen. Als ich zu dem flachen Granithügel kam, wo Yukon und ich in früheren Jahren während des Sommers so oft Rast gemacht hatten, stand mir deutlich vor Augen, wie wir das letzte Mal zusammen hiergewesen waren. Im Geist sah ich wieder die herrliche Szenerie dieser Landschaft zur Sommerzeit, mit all ihrer Schönheit, die sich unauslöschlich in mein Gedächtnis eingegraben hat.

Ich vernahm das Heulen eines einzelnen Wolfes. Seine wehmütige Stimme drang von Westen herüber. Zwei Wölfe antworteten auf das Solo, aber ihr Geheul ertönte hinter mir, dort, wo auch das Gehöft lag. Eine Weile blieb alles still. Die Wildnis, in silbern schimmerndes Licht gehüllt, schien auf eine Fortsetzung des sehnsuchtsvollen Gesangs zu warten. Unmittelbar über mir funkelte der Polarstern am Firmament, und der Große Bär wirkte so nah, daß man fast glaubte, ihn mit Händen greifen zu können. Die zwei fernen Stimmen erhoben sich abermals zu einem langgezogenen Heulen, das unendlich weit über das tiefverschneite Land hallte – ein geisterhaftes Duett, dessen Eindringlichkeit mich erschauern ließ und mit Ehrfurcht vor den Geschöpfen der Natur erfüllte.

Vier Tage nachdem er zum zweitenmal fortgegangen war, kehrte Yukon bei Einbruch der Dunkelheit zurück, aber diesmal wollte er nicht hereinkommen. Mit dem Schwanz wedelnd und leise winselnd lief er auf der Veranda umher, bis ich zu ihm hinausging. Dann stellte er sich auf die Hinterbeine und leckte mir über das Gesicht. Ich holte den Feldstecher und musterte aufmerksam den Wald am Rande der Lichtung. Yukons Spur war im Schnee leicht zu erkennen. Er saß jetzt neben mir und sah mich aufmerksam an, dann blickte er auf den sich verdunkelnden Wald. Plötzlich heulte er; es war ein langgezogener, volltönender Ruf, der hoch anstieg und dann langsam in tiefere Lagen überging. Unmittelbar darauf drang vom Rande des Waldes die Antwort herüber: eine einzelne Stimme, ein wenig höher im Ton, die glockengleich über der Lichtung ertönte.

Yukon wandte sich mir zu und winselte. Er stand auf und ging zu seiner Spur im Schnee. Dort blieb er stehen, sah sich um und winselte abermals. Er konnte sich offenbar nicht entschließen, aber es war deutlich zu erkennen, daß er gehen wollte. Jetzt war mir klar, daß er tatsächlich eine Gefährtin gefunden hatte.

Yukons Platz war dort draußen im Wald, bei der von ihm erwählten Wölfin. Ich hingegen gehörte jetzt in die Stadt, an Joans Seite. Das war richtig und gut so. Er war ein Geschöpf der freien Natur, und ich durfte ihm nicht das Recht versagen, in der Wildnis, die ihn hervorgebracht hatte, zu leben – oder zu sterben. Liebe, erkannte ich, ist nur vollkommen, sofern sie den anderen auch freigeben kann.

»Geh, Yukon. Geh zu deiner Liebsten.«

Sein Kopf wandte sich mir zu, und als er

meine Stimme hörte, hob er langsam die buschige Rute und rollte sie zu einer dichten Spirale. Dann ging er fort. Bald war er in der Dunkelheit verschwunden.

Ich blieb auf der Veranda und lauschte. Wenige Minuten später vereinten sich zwei Stimmen im Wolfsgesang.

Ich habe Yukon nie wiedergesehen. Aber während der restlichen Zeit meines Aufenthalts hörte ich häufig den Ruf von ihm und seiner Gefährtin. Mehrmals erkannte ich morgens an seinen Spuren, die sich infolge einer alten Verletzung an einer Pfote von allen anderen unterschieden, daß er während der Nacht am Haus gewesen war. Die kleineren, zarteren Spuren seiner Gefährtin vermischten sich mit den seinen bis an die Hintertür. Einmal, als ich durch den Wald ging, hatte ich das Gefühl, daß mir jemand folgte. Ich drehte mich rasch um und glaubte, ohne mir ganz sicher zu sein, ein paar Meter hinter mir eine Bewegung wahrzunehmen. Später, auf dem Rückweg, sah ich im Schnee die Spuren von Yukon und seiner Gefährtin. Offensichtlich suchte er immer noch meine Nähe, aber wahrscheinlich wagte sich die Wölfin nicht dichter heran. Sie übte jetzt einen stärkeren Einfluß auf ihn aus als ich.

Am nächsten Morgen machte ich mich bei Sonnenaufgang auf den Weg, um Yukons Spur zu suchen und ihr zu folgen; ich hoffte insgeheim, daß er zu mir kommen würde, redete mir jedoch ein, daß ich mich lediglich vergewissern wollte, ob es ihm gutging. Zuerst traf ich auf ein verwirrendes Durcheinander von Spuren, die kreuz und quer durch den Wald liefen. Doch dann entdeckte ich in einer dichten Zederngruppe eine eindeutige Fährte, die mich, als ich ihr folgte, immer tiefer in den Wald führte. Bis zum frühen Nachmittag befand ich mich in einer Gegend, in der ich nie zuvor gewesen war. Anscheinend wanderten die beiden unter Yukons Führung zielstrebig nach Norden.

Um drei Uhr gab ich es auf, ihnen zu folgen. Mir war klar, daß sie das Gebiet verließen, um sich einen eigenen Bereich fern von den anderen Rudeln und fern von den Wohnungen der Menschen zu suchen. Auf dem Rückweg zum Gehöft befiel mich lähmende Traurigkeit. Sosehr ich mich auch bemühte, ich konnte mich nicht damit abfinden, daß Yukon fort war. Dic Gewißheit, daß wir nie wieder gemeinsam durch die Wildnis streifen würden, bedrückte mich zutiefst.

Während der letzten Woche meines Aufenthalts wurden Yukons Spuren von Neuschnee bedeckt. Sie wurden ausgelöscht, als ob er und seine Gefährtin niemals die Lichtung überquert hätten. Im Wald blieb es jetzt still; die Paarungszeit war vorüber.

Yukon war fort. Ich war froh für ihn, als ich in den Wagen stieg, um nach Winnipeg zurückzufahren. Aber ich war auch traurig. Ich würde ihn immer vermissen, doch ich wußte, daß ich das Richtige getan hatte, denn er war jetzt endlich frei. Yukon würde weiterhin in meiner Erinnerung leben als ein großartiger, tapferer Gefährte, ohne den jene Jahre in den Wäldern des Nordens unendlich viel ärmer gewesen wären.

Roger Bourgeon

Sieg über die Nacht

Ullstein Buch 39151

Die Augen sind die Fenster der Seele ... Sie sind gewiß die kostbarsten unserer Sinnesorgane, denn der Mensch ist für das Licht geschaffen, und der erste Schrecken des kleinen Kindes ist die Finsternis. Und doch gibt es Menschen, die ständig in dieser Nacht leben, die wir Blindheit nennen.
Die wahre Geschichte Arthurs, eines jungen Mannes aus den Bergen, der im Alter von kaum zwanzig Jahren sein Augenlicht bei einer Explosion verlor, beweist, daß auch Blinde das Leben zu meistern wissen. Oft jedoch nur um einen hohen Preis – der wild entschlossene Kampf gegen Verzweiflung und Resignation, und die unermüdliche Standhaftigkeit, die Bereitwilligkeit, die anderen und sich selbst zu entdecken, kurz, alles was den Wert eines Menschen mit seinem Willen, seinem Stolz und seinem Glauben ausmacht.

ein Ullstein Buch

José Giovanni

Wettlauf mit dem weißen Tod

Ullstein Buch 39152

ein Ullstein Buch

Der ehemalige Hochschulprofessor Dan Murphy liebt die menschenleeren Weiten Alaskas und die bizarre Pracht des Packeises, auf dem der König der Arktis, der Eisbär, lebt. Bei der Verteidigung eines dieser Tiere gegen gewissenlose Freizeitjäger macht Murphy sich selbst schuldig. Als seine Strafe verbüßt ist, muß er allerdings erkennen, daß ihm die Menschen nicht verziehen haben. Deswegen geht es Murphy bei der Teilnahme am Iditarod, dem längsten und härtesten Hundeschlittenrennen der Welt, nicht nur um die Siegesprämie. Er weiß, daß er sich auf ein gefährliches Abenteuer einläßt, das für manchen tödlich enden wird.

Jack Bickham

Vogelfrei

Ullstein Buch 39153

Für den elfjährigen Farmerjungen Billy Baker beginnt eine Zeit voller Probleme. Wie bei allen Heranwachsenden stürzen plötzlich Zweifel und Ängste auf ihn ein. In seinem Heimatstädtchen greifen die Einwohner zur Selbstjustiz, um mit der zunehmenden Zahl der Verbrechen fertigzuwerden. Doch sein Vater hat eine andere Auffassung von Recht. Billys kindliche Ehrfurcht vor dem Vater ist erschüttert: Schließt sich sein Vater etwa aus Feigheit nicht dem Selbstschutzkomitee an? Als Billy einen verletzten Rotschwanzbussard findet, wendet er ihm seine ganze Aufmerksamkeit und Liebe zu und flüchtet damit vor den ihn quälenden Fragen. Billy richtet den Bussard zusammen mit einem alten Einsiedler ab, der Billys inneren Kampf besser versteht als jeder andere.

ein Ullstein Buch

Patrick D. Smith

Die Paradiesinsel

Ullstein Buch 39155

ein Ullstein Buch

Die Paradiesinsel, das ist eine der unzähligen Inselchen im Sumpfgebiet der »Everglades«, am Südzipfel von Florida, behaupten die einen. Andere meinen, sie sei nur eine Legende, ein schöner Traum. Wie dem auch sei: Für den alten Indianer Charlie Jumper ist sie das verheißende Land seines Stammes und ebenso seine Hütte im Großen Zypressensumpf, wo er mit seiner Familie ein glückliches Leben führt.
Eines Tages ist es plötzlich vorbei mit dem Frieden im weiten Sumpfwald. Das ganze Gebiet soll erschlossen, trockengelegt und besiedelt werden. Arbeitertrupps dringen mit ihren Bulldozern ein, walzen die Bäume nieder und verschmutzen die fischreichen Teiche und Wasserläufe.